U0894828

余生不将就

朵娘 著

长江出版传媒 | 长江文艺出版社

目录

contents

● × 张充和：

玩了一辈子的『乱世佳人』

——活出最美好，最精致的样子

01

看过一张张家孩子的合影，前排从左依次为张充和、张允和、张元和、张兆和。

九如巷张家一共四个姐妹：嫁给文学家沈从文的三姐张兆和，当时比她有名；嫁给昆曲名家顾传玠的大姐张元和，因为不顾世俗嫁给戏子，闹的动静也比她大；嫁给语言学家周有光的二姐张允和，因为白头偕老的感情备受称赞；唯独这个小妹张充和，30 多岁时，仍孑然一身，作为剩女的她，光芒似乎比其他姐妹要弱了些。

但细细了解，发现张家有女初成长，唯有小妹大不同。

02

你在桥上看风景，

看风景的人在楼上看你。

明月装饰了你的窗子，

你装饰了别人的梦。

在知道诗人卞之琳所写的《断章》是为张充和而作时，我还是个天真 Girl，觉得这是一场浪漫的爱，诗人对她情有独钟，她不应该辜负这个痴情的诗人。

那时还傻傻不懂爱，现在的我再看张充和，她身上这种独立、自主、有些自傲的性子，却是一种独特的美。

卞之琳这个人太害羞，太内敛，在张充和看来却是："他的外表——包括眼镜在内——都有些装腔作势。""他人很好，但就是性格很不爽快，不开放，跟我完全不相像，也不相合。我永远搞不清楚他，我每一次见他都不耐烦，觉得他啰里啰唆的。"

这一场暗恋注定是卞之琳一人的独角戏，他苦恋她多年，用情至深，周围人被感动了，想推他和张充和一把。

她却为此离家出走表示抗议。一周后，家人才从报纸上知道，原来她独自一人上了青城山，她用行动扼制了他人在情感上的帮腔。

然而卞之琳痴情，直到45岁才成家。80年代赴美探亲，还专程到张府拜访，将他偶然得到的40年前沈尹默为张充和圈改的诗作手稿奉上，还写了篇深情款款的散文《合璧记趣》。

可张充和这个人，就如有些作者写的那样：

“她不会像藤萝一样依附于男子，包括她的亲人，毛笔一支，昆曲一折，她悠游于世，靠的从来都是自己。”

她活得十分清醒，知道自己想要什么样的爱情，想拥有什么样的婚姻。

她不喜欢卞之琳，她用行动抗议，婚姻是一辈子的事，她这么骄傲的人怎么可能在朋友们为她和卞之琳制造机会时，就顺水推舟呢?

她有她爱的准则，她喜欢爽直且与自己真正心灵契合的人。

她不是三姐张兆和，她是“十分冷淡存知己，一曲微茫度此生”的张充和。

当时有人故作文章提起这段苦恋，她回应道：“这可以说是一个无中生有的爱情故事，说苦恋都有点勉强。我完全没有跟他恋过，所以也谈不上苦和不苦。”

于她，这一生，她要为自己而活，不成为谁的陪衬，也不将就谁，更不因感动就没了原则。

一个女人在亲手选择的爱情道路上，骄傲前行的样子，比什么都美。

03

要论张充和的才华和名气，那是可以与林徽因的“太太的客厅” 分庭抗礼的，可她偏偏是一个与众不同，不屑于展露的人。

她擅长昆曲，能作诗，善书法，会丹青，琴棋书画皆精，却对取得的赞誉抱着十分淡漠的态度，她说：“我写东西就是随地吐痰，留不住。谁碰上就拿去发表了。”

她爱唱昆曲，却更偏向于自娱自乐，反感为了博取他人开心而唱。她说：“她们喜欢登台表演，面对观众；我却习惯不受打扰，做自己的事。”

汪曾祺评价她时说：

“有一个人，没有跟我们一起排过曲子，也没有参加过同期，但是她的唱法却在曲社中产生了很大的影响。她唱得非常讲究，运字行腔，精微细致，真是‘水磨腔’。我们唱的‘思凡’‘学堂’‘瑶台’，都是用的她的唱法。她唱的‘受吐’，娇慵醉媚，若不胜情，难可比拟。”

早期，她初露锋芒，虽然数学零分却因为国文满分被北大破格录取。后来更是全面展露才华而备受称赞。

章士钊把她誉为才女蔡文姬；戏剧家焦菊隐称她为当代的李清照；作家董桥说她的毛笔小楷漂亮得可以下酒；著名书法家白谦慎评价张充和的字：“她的书法，一如其为人与修养，清淡之中，还有一种高雅气质。”

是的，她就是清淡之人。

她的这种清淡又高雅的闺秀气质，是从她叔祖母那儿习得的。

叔祖母因为丈夫和孩子都悉数早亡，终日独守在青灯古佛前，性格里自是偏清冷。张充和在过继给叔祖母后，培养她便成为叔祖母寂寞晚年的寄托。

叔祖母花重金请老师教她诗词歌赋，从《汉书》《史记》《左传》、四书五经，到唐诗宋词，都一一教给她。她熟读了中国的经典，未及十岁，便已会联诗对句，《桃花扇》《紫钗记》《牡丹亭》……都早已看得滚瓜烂熟。

叔祖母遗世而独立，不是在藏书楼陪她看书，就是在青灯古佛旁静坐。从小跟着叔祖母长大的充和，身心浸润在这样旧式闺阁文化的氛围里，自然便得了真传。

充和 16 岁那年，叔祖母过世，父亲将她接了回来。她人虽然回来了，心却留在了旧式闺阁里。

她身处深闺大院，竟对《牡丹亭》里那“如花美眷，似水流年，似这般都付于断壁残垣”的寂寥，产生了深深的共鸣。

当然，她并不厌恶这种寂寥，有时竟然是主动去选择这种寂寥的。

因为姐姐们接受的是西式教育，更喜欢呼朋唤友，举办 Party。她却像晚清的闺秀，总是在一旁静默地读书、习字、写文。

于是，人们认为她不够摩登，说她融入不到姐姐们的圈子里。

为什么她不主动积极些呢?

我想大概是因为清冷独立的气质早已渗透进了她血脉里，她不是没有融入进去，她只是不愿意，这是她本身的性情，是主动选择的结果。

她很有自己的世界，也对进入这个世界的人牢牢把关着，选择自己欣赏的人交朋友，胡适、杨振声、张大千、沈尹默都是她经常交往的人。所以，人们称她为“民国的闺秀”“最后的才女”这也是极其中肯的。

张大千曾给张充和画过一幅仕女图。画中的充和只有一个纤细的背影，身着表演昆曲的戏装，云髻广袖，似要凌风飞去。

这幅画，恰好勾勒了张充和人生的一个侧影。

04

1948 年的中国，正值炮火纷飞，34 岁的张充和与认识一年多的傅汉思结为连理，接着为了躲避战争离开北京去了国外。

章士钊曾赠诗“文姬流落干谁事，十八胡笳只自怜”之句给张充和，把她比作东汉末年的才女蔡文姬。

那时，张充和对“文姬流落”的比喻很不喜欢。

彼时，她嫁给了傅汉思，并远居美国，她自我解嘲地说：还是章先生有远见，他说对了。我嫁了老外，不就是嫁了“胡人”么？

不过，这个“胡人”傅汉思却是个中国通，起初他常常找沈从文先生学中文。也是因为学中文，他认识了当时在北大开设昆曲和书法课，住在沈从文家的张充和。

沈从文写文章回忆说：

“汉思开始还是登门找我学中文的，后来才发现，这位美国年轻人早转移了目标，根本不是冲我来的！后来，傅汉思只要一登门，孩子们就起哄般地叫‘四姨，找你的！’”

合拍的爱情，理想的婚姻，缘于情投意和，更胜在志同道合。

对于张充和来说，傅汉思最吸引她的是他对于中国传统文化的热爱和敬意，以及他传播中国文化的志向。

她欣赏他的学识。傅汉思原籍德国，父亲是西方古典文学的教授，所以他有很深厚的古典文学底蕴，还精通中国、西班牙、葡萄牙、法国、意大利等多国语言。

重要的是，他的性情也是合她心意的。张充和说：

“汉思这个人从来就没有什么复杂心思，人很老实，也很热情开朗，是我喜欢的，而且你欺负他，他也不知道……”

张充和跟着傅汉思赴美后，定居海外，先在加州伯克利分校的东亚图书馆工作，其后在耶鲁大学美术学院教授中国书法二十余年，课外兼职教授昆曲，成为颇有名望的学者。而傅汉思在和张充和结婚后，先在斯坦福大学教中文，被学界认可后，在耶鲁大学教中国古典文学。

夫妇二人曾一起在大学里讲解昆曲。傅汉思讲解内容的时候，张充和就穿着戏服，戴着自己亲手缝制的珠花头面，配着自己事先录制的笛子录音，有时候也会唱上两段，汉思先生则帮忙打鼓板。

两人的婚姻正可谓珠联璧合、琴瑟和鸣，让无数人羡慕，在当时被传为一段佳话。

05

张充和的一生，清幽、淡泊，她用自己的方式选择生活，在自己的时代里挥洒人生。

她曾说，“ 我可以不打扮，也可以没有金银珠宝，但笔墨纸砚是我必须要有的，也一定要用最好的。只要有空，我就不得不拿起笔练上一会。”

所以她每天坚持写字，一直坚持到 98 岁。

傅汉思曾经这样写道：“我的妻子体现着中国文化中那最美好精致的部分。”

沈从文去世后，她发来悼文：“不折不从，亦慈亦让；

星斗其文，赤子其人。”

寥寥十六字，写尽了沈从文的一生，可谓知音。后来，这十六字被直接放大，刻在了湘西沈从文的墓碑上。

而她自己的这一生呢?

2015年6月17日，102岁的张充和离世。

她曾写过一首名为《桃花鱼》的词，写的是重庆嘉陵江中一种状如桃花的水母：

记取武陵溪畔路，春风何限根芽，
人间装点自由他，愿为波底蝶，随意到天涯。
描就春痕无著处，最怜泡影身家。
试将飞盖约残花，轻绡都是泪，和雾落平沙。

愿为波底蝶，随意到天涯。

我想，这十个字正是张充和一生追求自由、自在、自我性格的真实写照。

从著名律师，到新中国首任司法部长

史良：

——敢爱敢恨，有容、有执、有敬

1950年，中国第一部《婚姻法》面世实行。

从此，女子权利又向前了一步，男女平等，实行了婚姻自由，一夫一妻制，保护妇女、儿童和老人的合法权益。

而这保护伞的促成者，是史良，一个自称“我是个爱闹风潮的家伙啊！”

我觉得史良自己所说的短短的这句话，有力地总结了她自己的个性——“闹”。

她的个人习惯就凝聚在这个“闹”字里。闹就是凡事极力向前一步，闹就是开辟潮水，闹就是尽自己力量为别人撑起一片天。

于是，“胆大包天”成了她的人生关键词，无论时代怎么变迁，命运怎么折腾她，她都能闹起来，让自己处在嗨点。

她这一生，始于清苦的童年生活，参加过五四运动、五卅运动、发起过抵制日货的运动，加入民盟，入过狱、坐过牢……

是闻名的“七君子”之一，是“民国最有才的十大女性”之一，是中国第一任司法部长，是毛泽东同志眼中的“女中豪杰”。

她一生奋斗不息，永远向前，也终被这种自立、自律、自强的奋斗精神造就。

01

史良人生第一次向前，是在父亲的影响下大量地读书。

史良出生在一个大家庭里，兄弟姐妹有八个，她是老四。家道败落，一家人靠父亲微薄的收入维持生计，常常有一餐没一餐，生病无钱看病是常态。

幸运的是，父母虽然经济贫乏，但精神不穷。他们坚持送大女儿上学，也极力教未能入学的孩子学些四书五经。

史良从小就读书，更爱听故事，总是缠着父母讲一些民族英雄和女中豪杰的故事。

或许是故事中的养分滋润了心灵，让她萌生出强烈的变好、活好的欲望，当她的二姐、三姐与七妹陆续夭折，她却在清苦的条件下活得像蜡梅那样出落。

她非常渴望变好，自知不能像大姐一样去学校读书，她便非常努力的在家读书。

读书明志，通过读书，小小年纪的史良就很有主张与见地，她内心似乎有了一根处世的定海神针，相信读书能改变命运，相信人的命运要依靠自己来改变。

所以，当她7岁时，母亲自作主张想把她定亲给一位姓刘的有钱人家时，她以绝食抗婚，足见内心之强大。

这一抗争以她的取胜而告终，这也是她通过读书第一次尝到的人生甜头——有选择自己人生的力量。

她依靠自己的勇气，选择了自己的人生，否则民国女子史上又少了一位叱咤风云的法律界巾帼。

02

史良的第二次人生向前，是在大姐的帮助下走入学堂。

她命运的进一步转折点，源自于大姐，一方面是经济上，大姐毕业后对家庭提供经济资助，让她上学有了可能；另一方面是，大姐极力鼓励她去上学。

大姐史群参加工作后，把当教员的全部薪金都拿出来补贴家用，因此13岁的史良才得以进入学堂。

史良十分珍惜这得来不易的学习机会，也从内心深处感恩大姐：“我是不能忘怀，我亲爱的大姐，如何在小的时候，特别是中学时代，帮助我父母，给我们求学，以致有今天。我唯一亲爱的大姐，她的一种仁慈、和蔼、朴实、诚恳的态度，永远是我坚强的动力。”

这种感恩可不只是言语上的，而是被她转换为前行的动力。

13 岁，进入武进县立女子师范学校附属小学；15 岁，进入武进县立女子师范学校。

她回忆道：“我在所有的求学时光里真可以说是一个死用功读书的学生了，那股用功劲是没法形容的，心里只有书本，其他的什么也不留意。我有整整十四年没有间断过一天日记，那上面有我详细的用功经过。”

当然，她爱读书，但并不是完全死读书，她也热衷于参加各种活动。

她有天生的领导才能，在女师时，她带头组织女师学生参加“五四”游行，因为出色的组织能力和出色的口才，她不但博得了同学们的信任，被选举为全县学生联合会副会长和武进女子师范学生会会长，还第一次上报纸成了名人。

她是十分有责任心的“网红”，擅长利用自己的网红力量，她把同学们组织起来，成立了许多宣传队，分别到农村、工厂进行宣传，进行抵制日货的运动。

学生运动遭到反扑，中学被迫停办。

这时候她性格里的“闹”又占了上风，她带着学生找校长评理，闹到教育局，又闹到县政府，一直到学校重新复课才罢休。

这一场场活动闹下来，于是，在当时的学校范围内，无人不知史良。

03

史良的第三次人生向前，是在友人的资助下，去上海法政大学学习法律。

始终保持清醒，保持敏锐度，是她站在人生十字路口不断向前的主要原因。

学法律，就是她人生里的一次清醒的抉择。

在一次又一次的“闹”里，她看明白了一件事，那就是：斗争要靠武器，而法律就是这样的武器。

但她进入上海法政大学后才发现，这里教学质量极差，学校重金钱而不重教学质量，想要真正学知识，根本不太可能。

好不容易将自己从贫穷里打捞起来读书的史良，当然不愿意轻易放弃。靠着姐姐资助，同学帮忙，费尽周折才来到上海读大学的她，觉得要靠自己掌控命运的舵，调转其方向。

她积极参加了该校学生反对校长只重金钱不管教学质量的斗争。这一次斗争，以四个同学被开除而终止。

难道就要如此屈服，甘被命运甩耳光？

当然不！她天生有股子执拗劲，从不轻易屈服于现实。于是她决定豁出去，去和校长讲理，和一百名同学组成护校团，捍卫学生们的权利。

一边学，一边捍卫学的权利，若不是内心有颗真正热爱读书、想要向上的赤诚之心，她何苦这般折腾？

当然，折腾也有折腾的好处，那就是周围的世界开始关注他们。

那时，正好上海法科大学成立，并由司法界的著名人士董康为校长。于是，当史良和一百多名参加护校团的同学脱离法政大学时，上海法科大学向他们敞开了怀抱。

当然，对史良来说，这不是终点，而是一个开始。

她是现实的理想主义者，她知道她的法律人生，才刚刚开始。

04

史良的第四次人生向前，是在老师的赏识下，加盟律师事务所。

在上海法科大学，她一如既往地在学业上用力，在专业上拔尖。

因为组织能力、口才与胆识都是极佳，因而被中国法制文化的奠基者之一董康老先生看中。

老先生邀请她当助理律师，精心培养，有案子出庭也让史良参与，毕业后的史良，更是顺理成章地成了董康律师事务所的一员猛将。

人生大河奔流，淌过艰难险阻、扛过许多至暗时刻的史良开始大放光彩，成了一名优秀的律师。

她天生擅长应酬，擅长事务，加上一路贵人相助，让她从学生，变成了法律斗士。

回过头来看，命运似乎对她偏爱有加，似乎她人生的每一步，都能遇到贵人。

但如果给人生画一个曲线图，就会发现，她一生的走向都是自己造就出来的。贵人，能成就自己，也能毁了自己，比如，苏青，成也陈公博，败也陈公博。

但史良她有自己抉择的眼光，也有随时离开的底气。

一九三二年，史良离开董康后，在上海开了自己的律师事务所。

一切归零，是野心，也是因为价值观的不同。离开看似艰难，实际上却是规避风险的必经之路。

她的高度自律，注定她必然走这一条路。

抗战爆发后，董康接受日本侵略者之邀，沦为汉奸，出任伪华北政权的要职，历任伪华北政府临时政府委员、司法委员会委员长、最高法院院长等职。1940 年改任汪伪国民政府华北政务委员会委员、汪伪国民政府委员。抗战胜利后，董康被以汉奸罪逮捕，1947 年病死。

观完董康一生，我们不免唏嘘，也不禁为史良捏一把冷汗：幸好，幸好当年她离开了他！

好一个幸好，可这一切恰恰是她的主动选择，是她在激流勇进时的果断抉择。

05

史良的第五次人生向前，是参与爱国救亡运动，成为“七君子”之一。

律师的职业给史良带来了经济独立，给她那个贫瘠的原生家庭带来了温饱，她曾把第一次打官司获胜得到的报酬送到母亲面前，史母含着眼泪说：

“女儿已经可以为家庭经济分忧愁了。”

律师职业给她带来了荣光，同时带来的还有险境。

时代动荡，她的人生局面也在不断地变化，但始终不变的是她的高度自律与自强——她始终坚持用法律与勇气做正义之事。

这时的史良就像一个斗士，她决定要动用自己的一切力量，去做那个扭转大局和小局的人。

借助律师事务所的力量，史良营救了许多社会进步人士，并积极参加抗日救亡的宣传活动。

她援救过中共地下党，其中最著名的是承办施义（即邓中夏）案。

1936 年，为了推动抗日，史良曾同沈钧儒、章乃器、沙千里作为救国会的代表，到南京请愿，被国民党政府逮捕，同时，逮捕的还有邹韬奋、李公朴、王造时，这就是著名的“七君子事件”。

奥威尔曾说：“他们的激情就像水龙头一样，可以随时被人开和关。”

但于史良来说，即使是生死未卜的牢狱之灾，也未能关了她读书的激情以及变好的渴望。

据说，即使身处监狱，史良仍保持着读书与思考的好习惯，她不但自己坚持读书，还教狱中女犯读书写字。

似乎，眼前的这一波人生危难和不幸，并不是最糟糕的处境。

她十分乐观地面对困境，见山开路，遇水搭桥，她甚至在法庭上与审判长斗智斗勇。

最终，在全国人民的声援和中共中央的敦促下，“七君子”被释放。

经此一难，“成绩”斐然：一是，此后的人生里，她始终与党组织保持着良好的友谊；另一方面，她知道了自己的心意，出狱后便与相恋已久的陆殿栋结为百年好合。

她的爱人陆殿栋是上海法租界巡捕房的一名普通译员，俩人有着共同的爱好，那就是读书与研习法律。

陆殿栋曾留学美国哈佛深造法律，主修国际法，也是学霸——光他的读书卡片就积累了万余张。

陆殿栋之于史良，就如杨绛之于钱钟书，她在前方拼理想，他在后方默默照料她的生活。

对于陆殿栋来说，史良是海上的帆，行万里，志四方；对于史良来说，陆殿栋是港湾的锚，空气暖，饭菜香。

是的，大概只有在他面前，史良才能卸下斗士的盔甲，才能成为雌雄同体的“御姐”，变成人间烟火气里的小女人。

06

史良的第六次人生向前，是在新中国成立后，担任司法部首位部长。

这个阶段是她一生最意气风发的岁月。

爱人在左，事业在右。

她决定轰轰烈烈地做一番事，而首当其冲的一件事，就是制定《婚姻法》。

1950 年，由她主持的《婚姻法》问世。

贯彻执行《婚姻法》不容易，在婚姻不自由的牢笼里跪久了的中国女性，内心有根深蒂固的心理阴影，而干涉和迫害势力又一直存在，想要真正让女性得到爱与被爱的自由，那得突破一重又一重的困难。

为了让女性们站直了，史良动员妇联干部们给女性撑腰，并亲自检查《婚姻法》贯彻执行的情况，及时提出应该重视解决的问题。

一波又一波的封建势力土崩瓦解了；一波又一波的女性婚恋自由了。

史良的人生价值由此得到了凸显：中国女人们的世界发生了翻天覆地的变化，她们的世界不再是从前那个“奴役”的世界，她们不再是男人的附庸，她们在婚姻这个问题上可以自己做主，进可攻，退可守。

这个将自己活成了“半边天”们的精神支柱——史良，她气场强大，但却又平易近人。她是女人们的娘家人，女人们感激她，小孩子们也爱她，章诒和就曾说：

“她是我小时候崇拜的美丽女性。只要父亲说上一句：今天史大姐要来。我听了，顿时就血液沸腾，兴奋不已。自己长得不漂亮，常对着镜子自语：不是说女大十八变吗？我啥时能变得有点像史良就好了。史良长得美，也爱美，又懂美。这三‘美’相加，使得她无论走到哪里，来到什么场合，都与众不同。”

当然，命运的鞭子也曾落在她身上过，在那一段黑暗的日子里，她就赤诚袒露地站在激流中央，当绝大多数人都被激流卷走的时候，她那自始至终自律、自强、自立的价值就显现出来了——从民国，到历经抗战，再到新中国，时代天翻地覆，而她，仍是当初那个她，她的人生理想，她那一颗自律的心，从未变过。

这样的她，激流也带不走，她熬过了激流，人生柳暗花明又一村。

纵观史良的一生，她从早年学生运动领袖、著名大律师，到抗日救国、与党中央合作，到担任新中国司法部长，为中华人民共和国辛勤工作，她一生为正义而存在，甚至为了革命而放弃了生育。

她清楚地知道自己是谁，也清楚地知道自己选择了条什么样的道路，她的自律和价值底线保护了她。

史良 1985 年 9 月 6 日与世长辞，终年 85 岁，而她带给女性的影响却长存。

她一生挪腾自如，珍惜上天给的天赋和胆量，依靠自己的力量，坚定不移地走出了一条史良特色的女性路，将自己活成了女性自强的典范。

史良的养女史小红评价史良："我们知道宋庆龄，我们知道邓颖超，但我们不知道史良，她不是名门之后，也不是名人之妻，她是她自己，她所得所成皆是自我奋斗而来。"

"一棵橡树的生长并不是茫无方向的，而是橡树本性的实现。"亚里士多德的这句话大概是对有胆识、有担当、奋斗一生的史良的最好概括了。

红尘风雨我放歌，是非功过任凭说

● × 丁玲：

——有勇气选择，有能力承受

一次和闺蜜聊到苦难。

聊着聊着，有人聊到萧红，又聊到丁玲，不禁感慨，这两个文艺女青年的人生简直就是两部人生苦难史。

不知谁说：“萧红是自讨苦吃。”

又有人说：“丁玲也是，她若是在感情上自律些，怎会弄得自己一生坎坷，成为一道悲壮的风景？”

彼时我正翻看着大量关于丁玲的传记，从丁玲自己所著，到各种大咖以及不知名作者写的关于丁玲的只言片语，我都一一翻来看：

毛泽东同志说 ：“昨天文小姐，今日武将军！”

沈从文说：“她可以说乱得很，长得又不好……没办法，老太婆啦！”

真真假假，虚虚实实，我只能穿越故纸堆勾勒出的迷雾，用文字“画”出我心中那个一生波澜壮阔而又苦难重重的丁玲。

01

白花、灵堂、死亡、噩梦……这些都是丁玲脑海里残存的关于童年的碎片。

在幼年丁玲的记忆里，她的父亲是一个乐善好施的人：“他不以金钱为意，常布施给穷人。”

然而，这个洒脱大方的好人，在丁玲四岁的时候，留下她和怀有身孕的母亲，死了。

孤儿寡母，几亩薄田，一间老屋……凄冷孤寂跃然纸上。

似乎，丁玲这朵娇嫩的童花，命运已定——由母亲养育成人，等待嫁人。

母亲于曼贞的格局为她开启了一扇门。

丁母拐着一双小脚带着她去上学，母女同校，一时轰动武陵城。

拖儿带女，做家务，做学问，这劳累，家庭主妇们都懂。

要实现梦想，首先是要解放自己的身心，其次是学会时间管理。

丁母表现出了超强的意志力，她忍受着刺心的疼痛，用水把脚泡大；她见缝插针地学习，常在孩子熟睡后挑灯夜战。

在面对被人嘲笑的困境，甚至是弟弟夭亡的痛楚时，丁玲也未看到母亲真正低落过。

面对困境，母亲常教育她，“妈妈只希望你书读得好。

有学问，有知识，这是比一切穿戴打扮都重要的，也是比一切财富都值得骄傲的。”

丁母这种对待困境的态度，是丁玲后来心理强大的一块基石。

女师结业后，丁母走上教育岗位，创办常德公立育德女校，担任平民工读女校校长等职，将自己活成了那个时代的女性范本。

丁母是个女强人，有理想，有担当，勇于改变，总能“逢凶化吉”，这是她对丁玲最大的影响。

在后来长长的一生里，每当丁玲累了、疲乏了、遇到困境了、不知所措了、走投无路了，她都会到母亲的避风港静一静。

她知道，不管她病得有多重，母亲这儿总会有药和拥抱。

真正的教育是用一个灵魂唤醒另一个灵魂。

丁玲的坚强、热情、豁达，正是源自于丁母，从价值观到思维方式，再到为人处世的方式，她都从母亲那儿得到了文化养分的滋养。

她说：“母亲一生的奋斗，对我也是最好的教育，她是一个坚强、热情、吃苦、勤奋、努力而又豁达的妇女，是一个伟大的母亲。”

这一世，母亲是她最大的贵人，是让她忍受住最蚀骨的苦难、熬过最无望的等待、挺过最委屈的磨炼的力量源泉。

02

出走上海，是因闺蜜王剑虹的邀约。

在母亲的强力支持下，丁玲挣脱了包办婚姻的束缚，踏上了去上海的生命旅程。

两个女孩一起入读上海平民女校，每天接触新思想、新知识倒也快活。但平静的喜悦很快就被打破了。瞿秋白出现在她们的生活里，他鼓动她俩到上海大学念中文系，接着又在各自的心里搅起了感情的涟漪。

丁玲没想到，带给她另外一种人生的闺蜜，不知不觉成了她的“情敌”。

其实是很老套的韩剧桥段，就是姐妹俩都喜欢上了瞿秋白，而瞿秋白内心爱的天平却更倾向王剑虹。

丁玲是个识大体的女孩，她压抑失落，积极扮演着“媒人”的角色，成就了闺蜜王剑虹与瞿秋白的爱情。

这事当然伤了她的心，甚至在后来的很长一段时间里，一度压榨着她的精神。毕竟，那一颗憧憬爱情的浪漫的心，是从瞿秋白这儿开始的。

出于对闺蜜的爱，她选择勇敢成全，然后一个人回到家乡疗伤。

她以为等待闺蜜的是爱情甜美、婚姻幸福的圆满人生。然而，七个月后，传来了闺蜜王剑虹病逝的消息。

又过不久，传来瞿秋白再娶的消息。这在丁玲看来是不可原谅的情感背叛。

她愤怒地拉黑了瞿秋白。一直到晚年，她才试图和解并理解了他。

然而，即使拉黑了瞿，她也无法否认这个男人是懂她的，而且他在她心目中播下了的革命的火种却早已生根发芽。

他曾对她说：“你么，按你喜欢的去学，去干。飞吧，飞得越高越好，越远越好。你是一个需要展翅高飞的鸟儿。”

是的，他懂她的欲望，懂她想要走向高处、走向开阔人生的愿望。

带着悲伤的心情，丁玲离开上海，虽未恋爱过，内心却早已沧海桑田。

她企图在新的城市寻找到生机和希望，借此将过往翻篇，于是她去了北京。

她懂——放下，才能获得重生。

03

在北京，她认识了胡也频——一个扮演她弟弟给她送花的文艺男青年。

和胡的爱情是一个从 0 到 1 的过程。

最初，胡也频对于她是微不足道的。这种微不足道就像是沈从文对她的描述：“这个圆脸长眉的女孩子，即如女子所不可缺少的穿衣扑粉本行也不会，年轻女子媚人处也没有，故比起旁的女人来，似乎更不足道了。”

但这个看起来微不足道的男子，却有着锲而不舍的“厚脸皮”精神。

暑假，她从北京回到湖南老家休假，他跟到湖南。

“我母亲诧异这是从哪里来的访问者，我也诧异这个我在北京刚刚只见过两三次面的、萍水相逢、印象不深的人，为什么远道来访。”

如此鲁莽冲动不顾他人感受的人，按丁玲的性情，她是不会爱上的，可后来怎么就与他同居了呢？

有资料提到，面对满天飞的相关绯闻，叛逆的丁玲非常愤怒，赌气说：“本拟到北平后即分手，但却遭到友人误解和异议，我一生气，就说同居就同居吧……”

一个会劝女同胞们“用脑子”工作与生活的丁玲，是不会真正同居的——所以，很有可能真如某些丁玲研究者所说的，他们只不过是同住罢了，是同住的恋人关系。

丁玲曾说：“也频这个人真是纯洁得很，这样纯洁的人只有一个朱谦之，‘五四’时代的，他没有和他老婆发生关系，五年没有发生关系。”

早期的丁玲和胡也频，大概就是复制了朱谦之夫妇的同居模式。

如果说那个人们以为的开放、洒脱、狂野、热烈的丁玲是 A 面的话，在性方面保守矜持的丁玲是 B 面。

丁玲晚年说："我要保持我自己的自由嘛，我觉得要是和你发生关系，那就好像定了。"

虽然和胡也频"同居"，但只要不发生关系，她就不属于他，她依然是自由的，自由到依然可以拥有好多奢望——可以去自己想去的地方，爱想爱的人，完全不受束缚。

就是在这样的思想浪潮下，丁玲爱上了冯雪峰。

如果说胡也频冲动，冯雪峰则是十分克制；如果说胡也频单纯，冯雪峰则是十分沉稳。

很显然，克制的、理性的冯雪峰才是丁玲的菜。

但显然胡也频不愿意放手，丁玲到哪里，他就跟到哪里。于是，就有了丁玲将自己置顶于舆论风口浪尖的提议：三人一起住。

三人很是经历了一番挣扎，最终，理智的冯雪峰自愿出局。

1925 年秋，丁玲与胡也频结婚，那段惊世骇俗的三人行爱情终于落幕。

儿子蒋祖林的诞生，让俩人更紧密地联系在一起。但命运就是时不时让人添堵——1931 年 2 月 7 日，28 岁的胡也频牺牲。

丧失爱人的丁玲开始笔耕不辍地写作，将苦闷再次写进小说里。

彼时，小说《莎菲女士的日记》爆红，重新为她带来瞿秋白和冯雪峰的关注，这两人在政治思想与文学才华上始终引领着她。

而她本人的内心也有股永不放弃的力量，这股力量将她从浓郁的市井生活里，推进了辽阔的革命江湖里。

04

1933 年 5 月，丁玲被捕了。

她与冯达、潘梓年一起被押往南京软禁。而告密者被怀疑正是冯达。

胡也频去世后，冯达以保姆般的角色出现在丁玲的生活里。

丁玲饿了，他会买菜煮饭……丁玲很享受这种事无巨细的照顾。然而，就如茨威格所说：所有命运馈赠的礼物，早已在暗中标好了价格。

这一段日子，让丁玲付出了惨痛的代价，以至于他成为她一辈子都不想提的人。

争议点在于——她与背叛者冯达在囚禁期间同床共枕，并生下了一个孩子。

其实，她的内心也是撕裂的，最初她自杀过——她把头颈伸进绳套，一脚踢翻了凳子。

冯达救了她。

苏醒后的丁玲，玩命般地忍着暗无天日的囚禁日子，在无我的状态里苟活，盼着一线生机。

一男一女，囚禁在同一片天地，同睡在一张床上，然后有了女儿蒋祖慧。

女儿的诞生更是让丁玲有了一身的非议——同叛徒嫌疑人冯达一直同床共枕，还生了孩子……她怎么就不和冯达划清界限，自证清白?

丁玲对那段日子的回忆是:“实际我心中成天装着一盆火，只想找人发泄！”

是的，冯达，是人，还是鬼? 她不知道。但是，她需要活下去。

可是,在孤绝的黑色海面上,在一条被捅了个窟窿的船上,为了使船不要沉掉,丁玲的解决方式是:借助男人有力的臂膀,先去堵那个船窟窿。

然后，船到岸后，再和那个人一刀两断。出狱后，她和他果然断绝关系，再无联系。

所以，对于她与冯达之间的同居关系，这只是一个女人在无能为力下采取的一种策略，她说：“明知不是伴，事急且相随。”

只是，她没想到自己的自救举措，会在若干年后为她带来灭顶之灾。

但无论如何，留得青山在不愁没柴烧，这大概就是丁玲面对苦难的底色态度吧。

05

囚禁结束后，丁玲去了延安，成为第一个抵达延安的文艺女青年。

呼吸到自由的空气，丁玲渴望新生。

人们以为那个在感情的刀尖上反复受伤的丁玲，会收敛性情，不再卷入感情里了。没想到，她接下来的这段感情，更是闹得更加沸沸扬扬。

尼采曾说："就算人生是出悲剧，我们也要有声有色地演完这出悲剧，不要失掉了悲剧的壮丽和快慰；就算人生是个梦，我们也要有滋有味地做这个梦，不要失掉了梦的情致和乐趣。"

丁玲就是如此。

那个在文字里纵横捭阖的丁玲，再一次玩起了姐弟恋。

这一次，是名副其实的姐弟恋，且在这一段感情中，丁玲非常主动，她表现得像个勇猛挺进的女将军。

老年的陈明曾回忆："那是在一个小饭馆里，我说：'主任，你也应该有个终身伴侣了。'

丁玲反问我：'我们两个行不行呢？'

我听了吓了一跳。

事后，我在日记中写道：'让这种关系从此结束吧！'

她看到后，说：'我们才刚刚开始，干吗要结束呢？'"

丁玲的锲而不舍让二十出头的陈明压力巨大，为了摆脱这位大姐，陈明剑走偏锋——和剧团里的一名女演员闪电式地办了婚事。

然而，婚姻的围墙没能阻断情丝，反而让墙里的陈明开始思念起墙外的丁玲了。

本来相差 13 岁年龄的姐弟恋就够让人嘲讽。而陈明偏偏先拉一无辜女孩下水，夫妻双方有了孩子后，又离婚转头投入丁玲的怀抱。

这，更是点燃了当时的舆论。

丁玲再一次将自己置身于险境，也证明了瞿秋白对她的了解，他曾这样说她：

“冰之是飞蛾扑火，非死不止。”

1942 年 2 月，38 岁的丁玲与 25 岁的陈明在人们的嘲讽声中正式结为连理。

他们的婚姻不被祝福。然而，丁玲不在乎。

大概是有生命力的女人一生都会有多段感情吧，她们用感情来充实自己的命运与性情。

回顾丁玲的几段感情，如果说瞿秋白的底色是矛盾，那么丁玲也把这种矛盾的特质融进了性格里，如果说胡也频的底色是天真，那么丁玲则是把天真带入了性格里，如果说冯雪峰的底色是沉稳，丁玲就把沉稳揉进了骨子里。

经历过大火快煮、小火慢烹的丁玲，遇到陈明时，刚好熬成了恰到好处的高汤——能经得起诋毁，也能抵挡得住流言。

面对铺天盖地、近乎万剑穿心的闲言碎语，丁玲并没有愁肠百结，反而取消关注流言蜚语，别人说别人的，她活她的，她对陈明说:“随他们说去，让他们说上几年，还能说几十年？”

活得自我，得首先强己，这是丁玲此时的格局。

内心变得强大是一方面，另一方面，她在文学上的硕果也越来越多，她完成了长篇小说《太阳照在桑干河上》，接着又写《在严寒的日子里》。

然而，磨难还是来了！

但她没选择消极逃避，而是迅速过滤痛苦，进入解决问题模式。

磨难中，她与陈明相约：“一不能疯，二不能死。”

这是具有雄性荷尔蒙气质的果断战略，她准备好了打持久战，她准备勇敢地捍卫自己的骄傲。

论际遇，够她自杀N回了，可是她却一股脑活到了八十二岁。

复出的耄耋老人仍坚持写作，生活里的风雨雷电也没能劈掉她写作的热情和对人生的热忱。

她的状态始终很饱满，七年，她出版了八本书。

面对她的这种精神状态，美国诗人安格尔说:“我真不懂，受了罪，挨了打，坐了牢，没有半点怨，还笑得这样开心，好像谈的是别人的事。”

说到底，人生不就是由苦难以及攻克苦难的过程组成的吗？

只不过，面对苦难时，她是个姿态很飒的狠女人。她既能在阳光雨露里成长，也能在电闪雷鸣的黑暗里蓄能。

对她来说，她所有的“自讨苦吃”，只不过是逼迫能量裂变的催化剂。

回头看，她的一生跌宕起伏，被命运眷顾过，更多的是被命运不断抛弃。人生几多风雨，多少恩怨烟消云散，多少人杳无音信……当一切褪去，自身的力量经过沉淀，反而成为穿透岁月的熠熠生辉所在。

终于，身经百战的她，进入一个百毒不侵的状态，谁也伤害不了她，却唯独放不下陈明，在临终前她对陈明说：“你太苦了，我最不放心的就是你！”

将我巾帼裳，换你征衣去

何香凝：

——女人有骨气，才会活得更高级

孩子爱上画画一年后的一个周末，我终于带她去了“门口”的何香凝美术馆。

女儿爱画花花草草，所以对于何香凝的梅兰竹菊甚是喜爱。

彼时的我正处于生活的激流之上，常觉得心内有猛虎在咆哮，所以更愿意在大师画的虎图前流连不已。但女儿非拉扯着我去看“花”，于是大部分时间陪同她在各种梅菊图前观摩。

笔触的丰富细腻与画作展现的宏大抱负，形成“剽悍刚强”与“柔和端庄”两股情感流在我内心冲撞，让我内心忽然迸发一个词“心有猛虎，细嗅菊梅”。

细想何大师的这一生，可不就是“心有猛虎，细嗅菊梅”的一生吗？

01

何香凝出生于香港。

父亲何炳桓是一位茶商，娶有一妻五妾。母亲陈二，因长着大脚成为难嫁的女儿，最后不得不委曲求全给何炳恒当了妾。

做母亲的拳拳之心，自己当年踩的坑，自然不想让儿女们再踩。

所以，她坚定地要求女儿们从小就缠脚。女儿们大多听从，但也有例外，那就是何香凝。

母亲费了很大气力给她缠上，但只要母亲一离开，她就会用剪刀将其剪开；母亲又缠，她又剪；母亲打骂她，恐吓她，但她依然无惧，坚持不肯缠脚。

最后，父母对她实在没有办法，只好任由她去了。

没有人管得住她，她就成了“野”孩子，一双脚放开了长，自然就成了大脚，同龄女孩摇曳生姿，她走路带风、雷厉风行。

不只是身体不受拘束，她心也野，同龄女孩们不是忙着穿衣打扮，就是打牌取乐，她却嗜书如命，在书的海洋里撒野。

然而，在书里自由驰骋仍让她感到不满足，她有着辽阔宽广的少女意气，她想像男孩子们一样进学校读书。于是，她便发挥她“牛皮糖”特质，终日对父亲软磨硬泡，最终混进“女馆”读了几个月的书。在这儿，她完成了她最初的女权思想启蒙，可以说维新派宣传的女权思想彻底激发了她骨子里本有的“女权”基因。

人们常说，人从出生起，身不由己也好，自己做主也好，就在往前走的路上了。

于何香凝来说，更是如此，她似乎有天然的觉醒力，无论是身体上追求自由，还是心灵上追求男女平等，早早地走在了一条自我追逐、自我革命的路上了。

02

由于有一双大脚，媒婆们纷纷大惊失色“落荒而逃”。

在这些恪守封建礼俗的女人们眼里，这简直就是大逆不道，这是男人婆的逆天表现。于是，当周围同龄人纷纷为人妇，为人母了，何香凝依然是单身女青年。

这让她父母忧心忡忡、焦虑不堪，因为在他们看来：家门出剩女，这简直是奇耻大辱。

但她自己倒是不慌不忙，没有白马王子来娶她，大不了在自己内心养一匹白马，自己做自己的白马王子也不错。

她才不怕红尘里没人来做伴，她有一双天足，能策马奔腾，到处飞奔，自然非常快活。

在她看来，世间那些纷纷扰扰的难题，不过都是长长的、臭臭的裹脚布，剪烂它，撕碎它，扔了它，问题就能迎刃而解，她绝对不会坐以待毙空忧愁。

这种内心的爽朗与乐观，造就并伴随了何香凝的一生。

有人说，性格决定命运。有时真的如此。

不久，愿意与“大脚公主”红尘做伴、共享人世繁华的“白马王子”来“自投罗网”了，那就是廖仲恺。

廖仲恺的父亲是美国旧金山华侨，他去世时曾郑重叮嘱他要娶一位天足无损的华人姑娘为妻，以免小脚遭洋人耻笑。

仿佛冥冥之中早有注定，大洋彼岸的殷殷嘱咐，仿佛是专为她而定制的。

于是，回国发展的廖仲恺与“大脚仙”何香凝结为伉俪。廖仲恺有雄才伟抱，何香凝有侠气豪情，俩人性情十分合拍，在日后的事业上更是琴瑟和谐，一时被人称为“天作之合”。

廖一梅说：“在我们一生中，遇到爱遇到性都不稀罕，稀罕的是遇到了解。”

婚后不久，俩人发现，上天待他们真的不薄，因为对方就是那个真正契合自己灵魂的人，俩人都爱研习诗词，俩人都喜欢激扬时事，俩人都甘愿成为革命热血志士……他们，就像了解自己一样了解对方。

王尔德说：自恋是一生浪漫的开始。

对何香凝来说，她的自恋，就是忠于自己的身体，终于内心，终于自己。至于爱情，则是一场刚刚好的遇见，没有早一步，没有晚一步，那人就在灯火阑珊处。

03

1922年，留守广州的粤军总司令陈炯明叛变，扣押囚禁了廖仲恺。

遭此变故，何香凝并没有因为惊慌而失措，反倒一个人活成了一支队伍。

当时的她身患痢疾，但仍带病四处奔走，向人打探丈夫的下落。

寻得被沉重锁链捆缚、遭受虐待的丈夫后，她也一度因为绝望想先离丈夫而去，但丈夫写给她的诀别诗让她重新燃起了斗志：

后事凭君独任劳，莫教辜负女中豪。

我身虽去灵明在，胜似屠门握杀刀。

她隐藏起女性偏感性的心智模式，摆脱恐惧心，开启女巾帼的营救模式。

那一日暴雨，打听到陈炯明正和一帮将领开会，她带着一身泥水闯入，当面痛斥道："仲恺有什么地方对你不起，你要把他关起来？仲恺为孙先生筹款，你就要把他锁起来，可是1920年仲恺也为你们筹过款啊。帮你就对，帮孙先生就不对吗？"

她用尽全身力气，犹似母虎咆哮，一时间，在场所有人都被她的气场震慑住了。

她见众人开始动摇，又一鼓作气地说：“我今天上山就没打算全身而退，至于廖先生，随便你们让他活让他死，但我一定要你们给我一个答复：究竟是放，还是杀！要杀，就随你们便；要放，就叫他跟我一同回家。”

本是抱着孤注一掷的赌徒心理而来，何香凝给了陈炯明A、B 这两个选择。

当时在场的人都被眼前这位女中豪杰所打动，内心有所松懈，陈炯明担心把事情闹大，只好放人。

何香凝料到放人只是陈炯明的权宜之计，他一定会乘胜追击，所以两人随即逃往香港，暂时化险为夷。

然而，不到三年，廖仲恺遭到四名杀手的狙击，于送去医院的途中不幸身亡。

丈夫的鲜血洒满了何香凝的衣衫，也彻底将她转变成了一位剽悍且刚烈的女战士。她的儿子廖承志和女儿廖梦醒，也先后加入中共地下党组织。

历史惊人的相似。

1933 年，当时何香凝的儿子廖承志以“共党疑犯”的身份被引渡给上海公安局。何香凝救子心切，不顾重病未愈，在一人陪同下，去找上海公安局要人。她声如洪钟，在上海公安局院子里质问市长吴铁城，“我不是来做客的，我是来坐牢的。骂蒋介石要算我骂得最多，骂得最凶，为什么不抓我，却把这些无辜的青年关起来？”

她如此气势汹汹，当然不是虚张声势，而是她知道在听的这帮人最欺软怕硬，且她带病而来，他们多少会有所顾忌。

害怕何香凝心脏病发作当场猝死的上海市市长吴铁城，赶紧将难题上交，蒋介石也担心“大脚婆”死了，会受到国内外舆论谴责。一番商量之下，廖承志被释放了。

又是一场干净漂亮的胜仗。

何香凝的一生中，打过大大小小无数场漂亮的胜仗，她胆识过人，做派强势，说话铿锵有力，做事雷厉风行，这样的个性，即使放在当下，也必是一位酷劲十足的大女主。

04

最初，画画对于何香凝来说，只是一门纯粹的工具。

原因有二，一是孙中山要组织武装起义，需要起义的军旗和安民布告告示的花样、军用票的图案等，因而需要人设计，把它画出来。

二是，想以画作来唤醒被封建文化桎梏已久的国人。

所以，追随丈夫廖仲恺来到日本，在东京女子师范学校上预科的何香凝，在生子半年后复学转去日本私立女子美术学校学习画画。

很长一段时间，她最喜爱画狮子和老虎，真正让何香凝着迷的，是画狮、虎时，内心那激昂澎湃起伏的心情，她将自己的感情表达在画里，“以示各族人民应如睡狮之觉醒，如猛虎之雄伟”。

东北全境沦陷，华北岌岌可危，外寇当前，蒋介石以国力孱弱、必须低调备战为由，继续抱定“攘外必先安内”的国策，优先剿共，延迟抗日。何香凝给蒋介石邮寄了一条布裙，还附上一首极尽讽刺挖苦意味的诗作：

枉自称男儿，甘受敌人气。
不战送河山，万世同羞耻。
吾侪妇女们，愿往沙场死。
将我巾帼裳，换你征衣去！

除了文字，何香凝更喜欢用画作来表达自己的心境与期望，有一阵她几乎每天都在画，局势越来越动荡，她那一颗拳拳之心便始终不能放松，一直在画里面转转转，想停都停不住。

战争，孱弱的国民，参加革命的子女……就这样一股脑蹿进她的脑子里。

画呀，画呀，何香凝的真实风骨就这么铺满了画卷，她也在这条路上越走越远。

何香凝的生命经历了 94 个春秋，经历过无数大风大浪。

但即使在最艰难的日子里，她也没有放弃画画，而是将其视为打捞自己，打捞他人，甚至是打捞社会的武器。

历经了人生起起伏伏后的何香凝，她在人生后阶段更爱画梅兰竹菊等，这是她本真性格的自然流露。

1943 年，太平洋战争爆发，何香凝辗转从香港迁居桂林，靠卖画为生。蒋介石曾派人送来巨资邀她到重庆居住，何香凝断然拒绝，并在来信的背后写下“闲来写画营生活，不用人间造孽钱”。

在这期间，她画了一幅梅，梅的枝干苍老虬曲，坚硬挺直，象征了她的傲骨铮铮和一生高洁的情操。

她的品格就如她曾在一幅《梅花水仙图》上的题诗：

一树梅花伴水仙，北风强烈态依然。
冰霜雪压心犹壮，战胜寒冬骨更坚。

晚年，何香凝担任过民革中央名誉主席、全国政协副主席、全国人大常委会副委员长，还担任过中国美术家协会主席，成就她的正是她天生的虎性、野性以及如梅一般的高洁品质。真正的雌雄同体，从来都是猛虎与蔷薇并存。

踏着三寸金莲游走世界的女人

×

黄逸梵：

——经济独立，才是真正的自由

世人提到黄逸梵时，总是会在她名字前，加一个标签：张爱玲的母亲。

对于这点，她应该不是很愿意的。

毕竟，浩渺岁月里，她都在不断摆脱他人的期待，不断可劲折腾，以期望活出真正的自己。

01

22岁，黄逸梵在养母的主张下，嫁给李鸿章的外孙张廷重。

黄逸梵出落得娉娉婷婷，张廷重熟读四书五经也算是才子。郎才女貌，双方又都是名门之后，看起来十分门当户对。

因父母之命媒妁之言而结成的婚姻，本就无感情基础，又因两人三观有着天壤之别，故虽生活在同一屋檐下，亦如咫尺天涯。

在黄逸梵看来，张廷重那不是在生活，而是充满暮气，像是一个在等死的遗少，他守旧、抽大烟、捧戏子、找姨太……活得了无生机。

而她自己呢，她正年轻，她对人生有很多想法，她想去很多地方，想看很多风景，想爱很多人，想去遇见人生更多的可能性。

可是，她已经罗敷有夫了，不但罗敷有夫，还有了两个孩子了。

辗转反侧，寤寐思服，她想：如果夫君能和她一起看世界，那该是一件怎样珠联璧合的妙事。

她想改变他，想用自己对生活的积极态度去消除掉他身上那天然的暮气。

但既然是天然，那就是与生俱来的陋习，要去彻底改变，谈何容易？

她用力推他，他却给她一个反作用力，一个向前，一个向后。于是，两人开始没完没了的吵架，一个想要逃离，另一个受困，永远受困。

终于，裂痕弥深到时间也无法治愈。

鲁迅先生在《伤逝》里说，“人必生活着，爱才有所附丽”。

但在黄逸梵看来，他们的婚姻没有生活，只有大烟缭绕的乌烟瘴气以及彼此的厌倦，那当然注定没有爱。

倘若有爱，她或许可以为他放弃自我，如他期望的那样在爱中恬然自足，安心操持家务，将一家四口的生活过得其乐融融与妙趣横生。但可惜没有。

自我是藏不住的，身上有来自湖南乡野生母血脉的黄逸梵，她内心足够野，也足够大胆，早已不甘将自我囚禁在这没落之家里，她内心就如伍绮诗在《无声告白》中所描绘的那位家庭主妇：

> 失意的玛丽琳为了他们的女儿，将梦想夹在薰衣草间小心埋藏。囚禁在米德伍德死胡同般的小街上的那座房子里，她的野心无法施展。她脑中错综复杂的齿轮不为任何人旋转，纵有无数想法，也像困在窗户里面的蜜蜂，得不到实现。

她在熬，微光的到来是1922年。那一年，她二十九岁，由于大夫人在上海去世，她和孪生弟弟黄定柱分了祖上的财产，她拿了古董，弟弟要了房产、地产，就像小说《简·爱》一样，她忽然变成了一个很有钱的女人，她经济独立了，她有了去做自己想做的事情的经济基础，只差一个时机。

又熬了两年，一直熬到三十一岁，九年婚姻，她觉得自己像过了一辈子那样乏味漫长，那样丧到极致，让人逼临崩溃。

她想，自己必须创造出走的“东风”，要想办法走出去，她怂恿小姑子留学，又借着陪小姑子张茂渊出国留学的名义，抛夫弃子，去国外了。

山也迢迢，水也迢迢，抛夫弃子，万水千山奔赴，只为自我的新生。

但也不是没有伤感的，“上船的那天她伏在竹床上痛哭，绿衣绿裙上面钉有反光的绿色的小薄片”。张爱玲去催促母亲出发登船，说黄逸梵只顾自己哭，“她睡在那里像船舱的玻璃上反映的海，绿色的小薄片，却有海洋般的无穷尽的颠簸悲恸。”

但伤感归伤感，她终究是放弃了做一个好妻子、一个好母亲的人生抉择，开启了她“一双三寸金莲横跨万水千山”的个人时代。

02

当主妇们在相夫教子时，黄逸梵在欧洲的美术学校学画；当女人们在为丈夫争风吃醋时，黄逸梵在英国穿着洋装参加Party；当女人们在一地鸡毛的家务里叹息时，黄逸梵在瑞士阿尔卑斯山滑雪。

在欧美的时光里，没有小儿哭闹，没有争吵打骂，没有落魄颓废，人生的一切鸡毛，仿佛都因为远渡重洋的新鲜感以及酣畅淋漓的生活感，被阻挡在千里之外。黄逸梵觉得，这才是自己想要的人生。

这之后，她去一个又一个不同的地方，结识一个又一个有意思的人，体验一段又一段不同的生活，人生好不惬意。

她人生的最大目标不是扬名天下，不是建立丰功伟绩，而是不必诺诺于人前，不需被琐事所累，在一方自由的天地中活出最精彩最游刃有余的自我。

她十分努力，自修英文，可以和外国人无障碍交流；她兴趣广泛，学唱歌，学画画，永远精力充沛生机勃勃；她擅长交际，结识的都是当时有名的文人画士等。

英伦岁月多姿多彩，属于她的时代正在开启，她每天乐在其中，忙得无暇思念远在家乡的孩子。

但每当夜深人静时，记忆深处的孩婴呼唤声从远方传来，她变得柔软，白天那掷地有声的决绝与赴汤蹈火般的利落，消失不见，唯有思念。

人生就是如此，在享受它的风光无限时，也要面对因为取舍而带来的失落与思念。

每当这时，她总是逼迫自己快些入睡，因为当黎明来临后，那将又是充满希望与美好的一天。

她知道自己要什么样的生活，而且她的努力、勇敢、率真、坦荡、娇媚，还有美丽，也让她成了十分有魅力的女人。

在张爱玲最爱的几张母亲的照片中，黄逸梵都是仪态万方、气定神闲的，那是一种风情浪漫的文艺美。在张爱玲的画里、笔下，黄逸梵的美丽模样是这样的：“纤瘦，尖脸，铅笔画的八字眉，眼睛像地平线上的太阳，射出的光芒是睫毛。”

许多人喜欢她，有很多男人追她，但当她收到张廷重鸿雁飞书“才听津门金甲鸣，又闻塞上鼓鼙声。书生自愧拥书城，两字平安报与卿”时，她萌发了回国的冲动。

当张廷重承诺将姨太太赶走，自己也将去医院戒除鸦片时，她觉得自己回国的时机到了。想起菲茨杰拉德说，如果有人愿意陪你走下去，为什么还要去伤害呢？

所以她挥一挥衣袖，告别了自由精彩的“独身女郎”生活，选择回到了上海。

出走的娜拉因爱回归，她所带来的生机勃勃，是否能让那颓丧的婚姻起死回生呢？

03

黄逸梵是带着改造婚姻的计划归国的，但现实里的困难还是让她有点身心疲惫。

首先是住所，她是浪漫的生活家，希望住在有花、有书、有宠物、有朋友的房子里，所以第一要事就将家从石库门搬到了一所花园洋房；其次是穿着，回来的她，一见到女儿就毫不留情地指出：怎么给她穿这样小的衣服？她花心思打扮女儿，教女儿行路的姿势，看人眼色、照镜子研究面部神态，她要把女儿培养成一个“洋式”淑女。

再之后是教育，她教张爱玲画画、弹钢琴、学英文，把孩子送进学校接受新式教育。

归国回来的黄逸梵，在亲戚朋友眼中是“神仙教母”一样的存在。

在孩子们眼中，她是快乐的源泉，浇花的母亲、读书的母亲、弹钢琴的母亲、唱歌的母亲、模仿电影表演的母亲……她让年幼的张爱玲开怀大笑着在狼皮褥子上滚来滚去。

可是，在张廷重的眼中，她却是带刺的玫瑰。

此番改造中，最累的是沟通，夫妻关系恶化的导火索也是沟通。

事事需要黄逸梵操心，这本来就是很累人的事。可是，偏偏张廷重是一个十分守旧的人，夫妻两人的生活观、教育观以及价值观都截然不同，她无法说服他去改变，他也无法接受她的改造。

于是，吵闹又变成了家常便饭，矛盾日益激化，裂痕变成裂谷，各走各路便成必然。

他开始变得无赖，不但自己重新又吸上了大烟，还不支付生活费，不支付儿女们的学费，以期待陪嫁用尽后，她失去离开的资本。

心理学上有个著名的“龙虾效应”，渔民捕龙虾时，不给箩筐盖盖子，他们一点也不担心龙虾会自己爬出来逃走。

因为，每当一只龙虾努力往上爬的时候，总会被下面的龙虾给死命地拽回去。

现在，张廷重变成了这只垂死紧抱妻子的“龙虾”，希望她和自己一样在下坠的命运里醉生梦死，不希望她爬出“箩筐”，想让她陪他成为旧时代的殉葬品。

但他错了，黄逸梵从来都不是一个装聋作哑的“贤妻”，以前不是，现在更不可能是。她请来了外国律师，让他不得不答应离婚。

办手续时，张廷重犹豫不决，几次拿起笔来要签字，长叹一声又把笔放回桌上，但黄逸梵去意已决，她决绝地说：“我的心意已经像一块木头！”

离婚终成了定局，她再也不想在这场婚姻里浪费时间了，拒绝迎合，拒绝牺牲，拒绝陈腐的三从四德，她彻底与那个旧时代决裂了。

然而，对于大多数女人而言，哪怕是在现代，她们仍会将自己以爱的名义困在家庭的牢笼里，她们不曾尝试推门而出，只是念叨着、咆哮着、抱怨着接受婚姻里的一切，直到最后溺亡其中。

04

离婚后的黄逸梵，仿佛变成了一尾奔向灵魂之地的美人鱼，她以一种更热情与绚烂的姿态行走江湖。

从法国到埃及，从新加坡到马来西亚，她用这双小脚，走遍了千山万水。

她崇尚新式文化，热烈地追求着开放自由，奋不顾身地扎进新时代的潮流中。

只是，她虽拒绝陈腐，崇尚女子独立，不依附男人，但却未能实现靠自己谋生。

她所处的这个时代就如萧红所说：“女性的天空是低的，羽翼是稀薄的，而身边的累赘又是笨重的。”

当然，她大部分时间是摆脱了“累赘”的，尽管她送女儿去名校学习，也给女儿零花钱，但女儿不过是她人生规划外的“副产品”，活出自我才是她自始至终的追求。所以，她无法为了儿女而牺牲太多，她变得不耐烦，常常因失控而辱骂女儿。

被她重重碾压过的女儿张爱玲，最终视她为陌生人，当她能挣钱时，她第一时间来还了她的钱，然后快马加鞭地别过了她，母女俩最终成了最熟悉的陌生人。

尽管女性的天空是低的，她也努力去谋生，她曾做过许多养活自己的生计，比如她学习裁制皮革，做手袋销售；她与美国男友，一起做皮件生意。

1936 年，她绕道埃及与东南亚回国，在马来西亚买了一铁箱碧绿的蛇皮，又四处搜集马来西亚鳄鱼皮，自己设计，然后四处寻找加工厂并与之合作，将这些皮类加工制造成各种皮具出售。

可命运如棋，我们无法知晓辗转腾挪之间会有怎样的际遇。

1941年，新加坡沦陷，她的外国男友死于炮火中。悲伤让她哭泣不已，但她并没有气馁，而是选择了面对与接受。

放弃亏损的生意后，她奔逃到印度，又开始利用她善于交际的个性周旋于印度上流社会，她曾做过尼赫鲁两个姐姐的秘书，之后又在马来西亚侨校教过半年书。

生活艰辛，她没有喊苦，而是直呼“过瘾”。

她敢于挑战、接受缺憾、拥抱生活，她不拧巴，不纠缠，洒脱清醒却又争分夺秒，她认识朋友，去远方，去恋爱，去尝试不同的工作，去寻找自己真正热爱的事业。

这种热血沸腾的生活真的好迷人。

唯一让她忧伤的是，勇敢如自己，能经商，能工作，能折腾，能社交，但终究未能觅得一条养活自己的金光大道，而是靠变卖祖业生活——每一次出行，便卖去一箱古董，每卖去一箱古董，她都自责而哀伤。

即便如此，她仍活出了那个时代的女人从未有过的高度，永远生机勃勃、永远热烈赤诚、永远对生活充满期待。

裹着小脚，四处游走折腾的黄逸梵，被女儿张爱玲评说为“踏着这双三寸金莲横跨两个时代”。

可是，即便她将自己活成了一道绚烂的彩虹，女儿张爱玲也没有原谅她。

1957 年 8 月，黄逸梵病重，她给女儿张爱玲写信，说唯一的愿望就是见见她。

直到临终的前一刻，她也没能见女儿张爱玲一面，64 岁的她走遍世界，最后的收梢却是独自一人在异国他乡去世。

黄逸梵的人生固然算不得完美，但至少，她丰富而热烈地存在过。

如果能重来，她依然还是会做同样的选择，继续开启夸父逐日般的自我之旅吧。

毕竟，想要追求自我的人，甘愿承受一切选择之后随之而来的结果。

如果有来生，我还是会这样活

林徽因：

——心动是一时，心懂是一生

从女人对女人的战争中，大概最能看出一个人的格局和智慧。

比如，苏芒曾“小心眼”地将合影里的洪晃裁掉了，洪晃淡然自嘲：“颜值不达标呗！”

相比洪晃豁达的大女人做派，林徽因的做法更让人津津乐道。

冰心发文《我们太太的客厅》暗讽林徽因，揶揄其“商女不知亡国恨，隔江犹唱后庭花”。

林徽因的反击轻盈而富有力量，她并没有掀起轰轰烈烈的文字骂战，而是差人给冰心送了一坛又陈又香的山西醋，并果断将冰心拉入“朋友圈”的黑名单。

这一场博弈和交战，让看客们情不自禁像沈从文那样夸林徽因：她是绝顶聪明的小姐。

林徽因的聪明，与她的高度自律以及她恪守的人生原则形成了一个“有勇有谋”的生活保护圈，让她自成一个自我保护系统，帮助她避开消耗她的感情，消耗她的人以及消耗她的负能量，让她有一种不为外界所动的本事：

她没有左顾右盼，就不会遇人不淑；她没有孤注一掷，就不会让自己陷入不伦之恋；她没有倚仗爱情，就不会有大喜大悲；她没有放弃理想，就不会沦为庸碌无常之辈。

抵御的，和被救赎的——这些此消彼长的抗争方式，就是活法。

01

千万个人心中，就有千万个林徽因。

林父心中的林徽因是一个聪明有天分的女儿，他曾向友人感叹：“做一个有天分的女儿的父亲，不是容易享的福，你得放低你天伦的辈分，先求做到友谊的了解。”

林父知道女儿聪慧，但未必知道女儿的敏感与忧伤。

林徽因的这种敏感与忧伤，正是来自于林父与林母的夫妻关系。

林徽因的母亲何雪媛思想守旧、不识字、爱计较、脾气差，自然入不了丈夫林长民的心。且她又特别任性，有爱搬弄是非的一张利嘴，自然也讨好不了婆婆。

当林徽因的弟弟妹妹先后夭折，新娶的姨娘又生了几个男孩之后，何雪媛更是变得性情古怪，几乎成了另一个“曹七巧”。

母亲成了林徽因心中的赵姨娘，她曾说：“我自己的母亲碰巧是个极其无能又爱管闲事的女人，而且她还是天下最没有耐性的人。”

“最近三天我自己的妈妈把我赶进了人间地狱。我并没有夸大其词……晚上就寝的时候已精疲力竭，差不多希望我自己死掉或者根本没有降生在这样一个家庭……”

林徽因的儿子梁从诫曾说自己的母亲：“她爱父亲，却恨他对自己母亲的无情；她爱自己的母亲，却又恨她不争气；她以长姐真挚的感情，爱着几个异母的弟妹，然而，那个半封建家庭中扭曲了的人际关系却在精神上深深地伤害过她。”

母亲是林徽因生命里不能承受之重，童年时期的她挣扎在父母亲的关系漩涡里。但她并没有在母亲的情绪里崩溃，更没有全盘接受母亲的情绪，她用读书与思考化解着自己的苦闷，并企图找到能安放自己的精神世界。

命运还算公平，虽然给了她一个牢骚满腔的母亲，但也给了她一个才高八斗的父亲以及一腔芳香满怀的才华。

7 岁就会作诗的林徽因，深得林父的喜欢，他带着她出入社交场合，送她读书，再大点又带她到巴黎、日内瓦、罗马、法兰克福、柏林等地旅行。

在旅行路上看到的异国建筑，尤其是欧洲城堡建筑的艺术，让她忘却了林家大院里的纷纷扰扰。

或许是因为过早地承受着成年人世界的情感关系，她懂事、聪慧，再加上她的才华，父亲林长民倍加疼爱她。

于她，原生家庭是庇护，也是局限。

她极力突破局限，努力上进，永不怠懈，积极掌控自己的精神王国，活出了一个与父母亲的人生截然不同的能量场。

一方面，她气质里有天然的书卷气，基因与后天的读书，助她塑造了无形的能量场；另一方面，她有给自己人生下单的“规划力”与“执行力”，腾挪奔赴，从北平到英国，再到美国，从培华女中到圣玛利亚女子学校，从康奈尔大学到宾夕法尼亚大学，从文学到建筑，从诗歌到设计，她在自己想做的事情上奔波着，不停地与外界交换能量，取得了波澜壮阔的成绩。

她养育了一双优秀的子女；她是诗人、作家；她是中国著名建筑师；她教学于东北大学建筑系；她是人民英雄纪念碑和中华人民共和国国徽深化方案的设计者。

正所谓，你若自强，精彩自来。

02

古往今来，才女难过情关。美女难过才子关。有才的美女们更是常常在感情里颠沛流离。

但林徽因偏不。她既不会把自己的人身自由大权让渡给父母，也不会轻易让渡给另一半。

爱情只是她人生很小的一部分，她的人生有自己想要去往的山川湖海。但或许也正是因为如此，她总被人诋毁为“绿茶”。

起初，在康桥的柔波里，她那一颗少女心是怦然而动的，那是一种“斯人若彩虹，遇见方知有”的喜悦感。

但好景不长，怀着二胎的张幼仪来到了伦敦。

站在张幼仪面前，她给了这位感情里的“受害者”拥抱、关怀的眼神：

“志摩，我理解您对真正爱情幸福的追求，这原也无可厚非。我恳求您理解我对幼仪悲苦的理解。她待您委实是好的，您说过这不是真正的爱情，但获得了这种真切的情分，志摩，您已经大大有福了。”

但于她自己来说，她也是受害者，因为徐志摩一开始并未告诉她，他结婚了，他有孩子，而且又要再次做爹了。

她活得很清醒，哪怕是处在恋爱里，理智也一直在，爱情并未能冲昏她的头脑：此生，她绝对不会像母亲一样，与人共侍一夫。

最重要的是，她也无意破坏别人的感情。

所以，她避之不及，她给徐志摩留了一封信后，匆匆而别：

“我不敢将自己一下子投进那危险的旋涡，引起亲友的误解和指责、社会的喧嚣与诽难。我还不具有抗争这一切的勇气和力量。我也还不能过早地失去父亲的宠爱和那由学校和艺术带给我的安宁生活。我降下了帆，拒绝大海的诱惑，逃避那浪涛的拍打……尽管幼仪不记恨于我，但是我不愿意被理解为拆散你们的主要根源……”

从父母情感模式里习得的情感自律，让她不容许自己有丝毫的过错。

所以，当徐志摩离了婚，又在报纸上昭告天下向她表白时，她依然选择了从这段感情里逃离。

她给胡适的信中写道：“我的教育是旧的，我也变不出什么新的人来，我只要‘对得起’人。”

“对得起”人，当然内心就少不了煎熬。从爱恋中抽身，她也难过，难熬，只是她从不容许自己凋零。

张爱玲说：“离开你，亦不致寻短见，我将只是萎谢了。”

但对于林徽因来说，她的这次降帆，也正是人生另一种精彩的扬帆。

她的拒绝与逃离，正是因为她更愿意承担自己的人生责任。

她说：“任何东西都可被替代。爱情，往事，记忆，失望，时间……都可以被替代。但是你不能无力自拔。”

她不想糊弄对方，更不想糊弄自己，她有一种直视真相的勇气：“徐志摩当时爱的并不是真正的我，而是他用诗人的浪漫情绪想象出来的林徽因，可我其实并不是他心目中的那样一个人……”

在她心里，婚姻并不是男性对女性的一种恩赐，所以当徐志摩发表离婚声明挽留她的时候，她决绝地拒绝了这种“恩赐”。

她也是以如此清醒、决绝的态度对待另一段感情的。

那就是金岳霖对她的爱。

金岳霖对她有多迷恋？多痴狂？他一辈子逐林而居、终身不娶。

金岳霖的不娶，于林徽因当然也是一种压力，但这是他选择的人生路，她又凭什么对其指指点点？

他的逐林而居，将她置于花边话题的中央，但她却十分笃定，与金保持着终身的友谊。

他对她的长情，她感动，但却不心动。

她始终自律，在面临爱情诱惑的时候，她会先想到五年十年后的代价，一步都不曾踏错。

这样的林徽因，一辈子都不许自己活在浑浑噩噩里，也更不许自己活得混沌泥泞，她要的是清风朗月般的清白与自由。

这大概就是她总给人岁月静好的感觉，一方面，她是一个骨子里有铮铮硬气，能负重前行、能奋力自拔的女人；另一方面，她又是一个不断在内心修篱种菊、身处感情风暴中心也能岿然不动的人。

正因为如此，清醒明澈的她与梁思成构筑了一段佳缘，他们的婚姻生活虽然平淡，但却能按照自己的节奏淡然行走在人世间，想来也是一场大幸。

1928年3月，林徽因和梁思成在渥太华携手步入婚姻殿堂。

那天，他问："为什么选择我？"

她答："答案很长，我得用一生去回答。"

正所谓，你若自律，混沌自散，佳姻自来。

03

关于女人的活法，波伏娃曾说过一段特别中肯的话：男人的极大幸运在于，他不论在成年还是在小时候，必须踏上一条极为艰苦的道路，不过这是一条最可靠的道路；女人的不幸则在于，被几乎不可抗拒的诱惑包围着；她不被要求奋发向上，只被鼓励滑下去到达极乐。当她发觉自己被海市蜃楼愚弄时，已经为时太晚，她的力量在失败的冒险中已被耗尽。

但这种种诱惑于林徽因而言，压根就不构成威胁，她活得清醒，知道自己要什么，不要什么，始终昂扬向上，始终奋发拼搏。

情感顺畅，婚姻安稳，她和梁思成平和地生活着，自然也就能把大部分精力都放在自己的理想——建筑上。

俩人一起走遍了十五个省份的山野乡林、高山云梯，他们从南到北地找寻足迹和线索，发掘、考古、记录、绘制历代建筑物以及整理各类文献，形成一种建筑学术体系。

金岳霖曾戏撰一副对联调侃梁林夫妇：“梁上君子，林下美人。”

因为要研究建筑，这俩人常常穿梭于梁上林下之间，金岳霖夸他们二人为“君子”“美人”实在贴切。但林徽因非常不屑地说：“真讨厌，什么美人、美人，好像女人没有什么事可做似的，我还有好些事要做呢！”

是的，她这一辈子，做了许多事——忙着写诗，那首轻灵绮丽的《人间四月天》至今脍炙人口；忙着画画，美术系出身的林徽因在绘制古老建筑上花了很多气力；忙着设计，东北大学校徽招标，她设计的“白山黑水”被张学良认可，也是中国第一位女性舞台美术设计师。

唯一的不幸是，林徽因没有健康的身体，她一生的大部分时间都在受肺病的折磨。

又因她与梁思成是才子佳人，也是柴米夫妻，梁思成家姐妹众多，家庭琐事烦不胜烦，用她自己的话来说就是“到处是喧闹声和乱七八糟”，作为梁家的女主人，这自然也要消耗掉她的一部分能量与精力。

这样的状况就意味着，她每一项成就的取得都要比常人付出更大的代价，但她从来没有放弃过，这也是她的可贵之处。

但她似乎总有爆表的活力，即使“粗头乱服，也不掩国色”。

美国著名汉学家费正清这样形容她：“林徽因就像一团带电的云，裹挟着空气中的电流，放射着耀眼的火花。”

但其背后的吃苦代价却是不为人知的。她的外甥女吴荔明曾描写她避难在云南李庄时的状况：“阴暗潮湿，竹篾抹泥为墙，顶上席棚蛇鼠出没，床上成群结队的臭虫，没有自来水和电灯，煤油也要节约使用，她躺在一张小帆布行军床上，身体消瘦不成人形，肺结核复发、高烧四十度不退，而李庄没有任何医疗条件，病人只能用体力慢慢煎熬。”

甚至在病床上，她依然在忙碌，忙着著书立说，忙着参与设计新中国国徽与人民英雄纪念碑。

不卑不亢，不慌不忙，她的才华被她辛勤耕耘在各个领域，让她成为活在时光深处的美人。

稻盛和夫在《活法》里写道：“人是很奇怪的，一旦被逼入进退维谷的境地，反倒想开了，轻松了。在改变自己心态的瞬间，人生就出现了转机。此前的恶性循环被切断，良性循环开始了。

在这个经验中，我明白了一个真理，就是人的命运绝不是天定的，它不是在事先铺设好的轨道上运行的，根据我们自己的意志，命运既可以变好，也可以变坏。”

稻盛和夫的这一段话恰如其分地总结了林徽因的一生：幼年时的林徽因，因父母关系，曾置身于进退维谷的境地，但她调整心态后，依靠自己的力量，得到了父亲的宠爱；又依靠父亲的宠爱，打开了自己的眼界；之后依靠自己的高度自律，使自己的人生一直处于良性循环里——就像一个在人间烟火里行走的“聂隐娘”，切换自如，能直面孤独，登高而走，也能穿林打叶，款款前行，更能在柴米油盐酱醋茶里接地气做“主妇”。

要么风华绝代，要么自成一派

凌叔华：

——一生浮华，一生争议

01

出轨见良心。

面对出轨的妻子凌叔华，陈西滢给出了三种选择：

其一，协议离婚；其二，不离婚，但分居；其三，彻底断绝情人朱利安，破镜重圆。

三种方案，由凌叔华任意选择。

虽然被戴绿帽子，还是选择如此宽厚对待妻子，与其说是因为陈西滢的慈悲心，不如说是他对自己与凌叔华羽毛的珍惜。

后来，他的女儿问他当时为什么不离婚？

陈西滢说："当时女性离婚是不光彩的。"

再问他，他说："你母亲很有才华。"

所以，让婚姻继续的，终究不是凌叔华所在乎的爱情。

作为官二代，作为名门闺阁，作为一个对爱情始终抱有浪漫幻想的文艺女青年，她当然不满足于这一场凑合的婚姻。

所以，即使是选择了第三项——彻底断绝情人朱利安，选择破镜重圆，她还是和朱利安藕断丝连。

两人常常偷偷约会，不是在广州，就是在香港。据说陈西滢有一次硬闯卧室“抓奸”，愤怒得砸碎了窗户。最终，朱利安在舆论压力下，辞去武汉大学的教职，准备回国投身革命事业。

那么，这一段婚外恋至此该打上句号了吧？

然而，没有。

凌叔华买了一张前往广州的火车票，并和朱利安在香港共度了他俩最后在一起的几天。

这事让陈西滢很恼火，他给已回到英国的朱利安写了一封信：“我感到很受伤害，我对你的行为感到惊讶。你对我许下诺言说不会再给叔华写信，更不会再见她，除非她强迫你……我不知道，你会在把道德原则扔掉的同时，也把对朋友的诚信统统扔掉了。没有信义，没有尊严，不遵守诺言。”

本以为情人走后，这段婚姻能够“春回大地”。

然而，从情人热烈的情感里抽离出来的凌叔华，在面对冷静、刻板的丈夫陈西滢时，变得沉默不已。

在三十五岁的年纪迷倒了比自己小八岁的外国小鲜肉，凌叔华是十分具有异性魅力的，就如她的密友苏雪林在文章里写道:“叔华固容貌清秀，难得的她居然‘驻颜有术’。步入中年以后，当然免不了发胖，然而她还是那么好看……叔华的眼睛很清澈，但她同人说话时，眼光常带着一点‘迷离’，一点儿‘恍惚’，总在深思着什么问题，心不在焉似的，我顶爱她这个神气，常戏说她是一个生活于梦幻的诗人。”

然而，她的这种眼光里的“迷离”，陈西滢理解不了，欣赏不了，也满足不了“迷离”后面的渴望。

于是，她只能藏起自己的感情，把自己的感情包裹得更加严实，就如她的女儿评价她的那样，她“防备心比较重，不相信任何人，包括我和我父亲”“母亲一生都把自己包裹得紧紧的”。

几个月后，朱利安在西班牙前线阵亡。

这一消息让原本貌合神离的婚姻更加雪上加霜，他们没有离婚，但也没有和好，就像陌生人一样客客气气。

对于这场婚姻，她是悔恨的，她曾无数次地对她女儿说:“一个女人绝对不要结婚。”

她总是想方设法地躲避与丈夫生活在同一个屋檐下。

1939 年，凌叔华找了个借口说母亲去世要回去奔丧，就独自带着女儿离开了。母女俩从香港转到上海，再从天津绕道一路回到了北平。

后来，陈西滢到巴黎工作。凌叔华嫌巴黎物价水平太高，带着女儿住在伦敦。

聚少离多的日子，夫妇间的交流，就更少了。

不在感情上用力的凌叔华，开始在自己喜欢的事情上着墨。不久，凌叔华的《古韵》出版，一跃而成为欧美畅销书作家。这之后，她渴望的各种文艺式的交际也纷至沓来。1956 年，去到新加坡南洋大学教授中国近代文学，一去就是四年。之后，她留在马来西亚教书为生。到了六十年代末，她又跑到了加拿大任教。

她辗转各大国际城市，写作，出书，办个人画作，依旧逃避着与丈夫共同生活。

而陈西滢呢？

女人在前面横冲直撞，活出理想的自我，背后的男人却显得落寞而毫无生气，尤其是生命的最后几年，陈西滢过得十分孤独。

婚姻里，他和凌叔华两人不吵，不闹，不说，不笑，这样的婚姻，孤独极了。

陈西滢于 1970 年去世。

最终，他们也没能给彼此一个温暖的拥抱，虽没有离婚，却彼此孤立着对方的心。婚姻本来是陪伴和依赖，没有感情，没有陪伴的婚姻，极目四野，唯有寒凉。

可是，他们曾经还是有过感情的吧？

至少，当初是凌叔华主动约邀请陈西滢到史家胡同的家里喝茶。

留学英国，伦敦大学政治经济学博士毕业，北大外文系教授，翻译西方作家作品，和徐志摩、胡适、梁实秋、闻一多组织新月社，还组织操办泰戈尔访华……凌叔华的心，当初还是被陈西滢的这些光环照亮过吧？

而陈西滢呢。当他在史家胡同里兜兜转转，经过前院、二院、三院、后院，东厢房、西厢房，院套院，屋连屋，最后见到居住在“大观园”里的凌妹妹时，是怦然心动的吧？

这个凌妹妹好不容易才见着，她那么才华横溢，那么美丽动人，只要美人自己愿意，他当然希望将这位佳人娶回家宠着。

1926年，陈西滢与凌叔华在北京欧美留学会结婚了。娘家人给了她丰厚的嫁妆：帝都一个有二十八间房子的院子。这更是给了她后来在夫家任性生活的底气。

在那个年代，凌叔华和陈西滢算是十分难得的自由恋爱结合的伴侣。凌叔华也以为，陈西滢会给她全心全意的、浪漫热烈的爱。

然而，蜜月回来之后，她发现婚姻生活单调乏味，尤其是当陈西滢与鲁迅开始骂战，她和他都被这个圈子给隔离了。

最大的情感裂痕出现在陈西滢受聘去武汉大学当文学院长后。凌叔华陪同前往，定居在武昌昙华林，身边没有很要好的朋友，而且陈西滢坚持不聘请家眷，所以赋闲在家的凌叔华更是百无聊赖。

将日子过成一潭死水的凌叔华心有不甘，总盼望着发生点什么。

是什么呢？于是，就有了和朱利安的“廊桥遗梦”这一出。

世事纷扰，谁能坐定浮世乾坤？谁又能控制住爱情的脉搏？婚姻最终把每个青春里的爱情搅得七零八落，把每个成年人的情感欲望都包裹进去，在情天恨海里拿捏取舍。

浮世易变，岁月易老，爱情易逝，人生倏忽而过。

1990 年，身患乳腺癌的凌叔华逝世于北京，最终与丈夫陈西滢葬在了一起。

这一世的恩恩怨怨，或许可以在另一个世界得到诉说与释怀。

02

这一场不幸的婚姻，似乎始于与徐志摩那若有若无的朦胧的暧昧之情。

她和徐志摩的相识，始于 1924 年泰戈尔访华期间。

当时还是燕京大学英文系主任的陈西滢负责接待，他想借凌府著名的大客厅，开一场世纪 Party 来欢迎泰戈尔的到来。

这个凌府便是凌叔华家的豪宅。

凌叔华出生在一个官宦家庭，父亲跟康有为是同榜进士，当过很大的官。大户人家，往往妻妾成群，凌叔华的妈妈是三姨太，她是家里的第十个孩子，按说父亲也注意不到她。

但因为自小爱画画，6 岁那年被父亲的友人夸赞其绘画天赋后，她父亲便斥资请名师培养她的兴趣爱好。

1922 年，22 岁的凌叔华考入燕京大学，大学生活进一步滋润了她的灵魂与思想，也给了她展现才华的机会，她开始在艺术界崭露头角。

所以，当欢迎泰戈尔的盛大 Party 在她家举办时，这个在诗书画里泡大的主人家的千金，以近水楼台的机会主持了这场盛大 Party。

据说，那一夜，她清秀的面容、绝佳的口才、纤细的身姿，穿梭于名流之间，简直是倾倒众生。

也正是这一场 Party，她牢牢地吸引住了陈西滢和徐志摩的目光。

徐志摩将她比作是“中国的曼殊斐儿”。

那时候还没有林徽因的“太太的客厅”，而凌叔华的“小姐家的大书房”却名动天下。

也是起源于一场聚会，1923 年，凌叔华和画论家江南萍以“苏东坡诞辰 886 年”为由，在凌家大宅组织了一次聚会，邀请了齐白石、陈衡恪等艺术家，以及美国女画家玛丽·奥古斯塔·马里金。这场聚会盛况空前，“小姐家的大书房”至此享誉圈内，它比林徽因的“太太的客厅”早了近十年。

因此，当时的中国文坛流传一句趣话：“嫁君要选梁实秋，娶妻先看凌叔华。”

凌叔华长得美，性格也温和，家境又是百里挑一，是做妻子的绝佳人选。

据说，徐志摩的父亲在儿子离婚后，最中意的儿媳妇就是凌叔华了。

徐志摩失恋后，也曾一度把凌小姐当作是电台情感主播，经常写信给她排遣郁闷。而凌叔华呢，也是有信必回，一来一往，两人相识半年通信七八十封，差不多两天一封，平时还经常聚会待在一起。

按理说，徐志摩父亲如此看好凌叔华，而这两人情感也如此绵密，为何就没有执子之手呢？

林徽因不选徐志摩，是因为她知道，诗人心目中的自己不是真实的，嫁给一个诗人过一辈子，风险实在太大，她更愿意以女神的姿态停留在诗人心中，而以女主人的姿态和梁思成过接地气的生活。

凌叔华不选徐志摩，原因大抵也如此，她性格传统，岂敢轻易将自己置身于感情风浪里？所以，最终她在考虑了社会地位、家庭门户以及父母的意见后，她选择了与自己虽然没什么感情，但颇具才华与实力的陈西滢。

可是，她又没能像林徽因那般果断与坚决，这份情丝终究是斩不断理还乱。虽然她选择了和陈西滢结成连理，但却把诗人放在了心上一辈子。

据说，凌叔华在弥留之际，一遍又一遍念叨的不是丈夫陈西滢，而是诗人徐志摩的名字。

03

错过月亮，就不要再错过星星。

如果说徐志摩是凌叔华心中的月亮，那么朱利安便是她心中的星星。

昨日之人不可追，那么眼前这个对自己展开热烈追求的恋人，她想牢牢抓住。这大概也是当她遇到诗人朱利安时，燃烧起熊熊爱情之火的原因。

爱起来也真是疯狂，她变得非常主动，她打扮自己，烫了发，还化了妆。

朱利安呢？他对她自然也是十分爱的。

他在给母亲的信里说："她，叔华，是非常聪颖敏感的天使……她是我所见过的最迷人的尤物，也是我知道的唯一可能成为您儿媳的女人。因为她才真正属于我们的世界，而且是最聪明、最善良、最敏感、最有才华中的一个。"

从1935年10月到1937年1月，这一段姐弟恋维持了近16个月。

凌叔华似乎是将自己整颗心豁出去了，她带朱利安混圈子，他们一起到北京去见了一些京城的文艺名人，比如齐白石、沈从文、朱自清、闻一多、朱光潜等。

她甚至疯狂到产生要离婚，然后再和朱利安结婚的念头。

这一点与毛姆小说《面纱》里勾勒的故事十分相似：女主凯蒂嫁给了很爱她的男人瓦尔特，但没过多久就觉得对方无趣，并疯狂迷恋上了情人唐生。

女主凯蒂最终出轨，并试图跟瓦尔特离婚。她说：

“我嫁给你纯粹是个错误，我万不该如此，我太傻了。我一点也没关心过你。我们之间没有一丝一毫的共同之处。你喜欢的那些人叫我讨厌，你感兴趣的那些事叫我烦透了。”

这些或许也是凌叔华想对陈西滢说的，她还对朱利安说，她与陈西滢结婚是为了尽义务，是为了结婚而结婚。

可是，最后情人朱利安死了，凌叔华对感情少有的激情燃烧殆尽，她生命里关于爱情最后的念想，也灰飞烟灭了。

这之后，她变成了一个只有事业的女人，写书、画画……终其一生，在感情上再也没有任何波澜，这或许就如法国女演员于佩尔在电影《将来的事》中所说的一句经典台词：“你知道吗，精神世界丰富的女人不需要婚姻，连艳遇都不需要。”

或许，在人生晚年回忆起那一段风流韵事，她也会恍惚，会怀疑其是否真实存在。

或许，那真的就是一段廊桥遗梦呢！

●

×

从青楼女子到商界大亨

董竹君：

——成全别人，不如成全自己

01

二十年过去了，董竹君仍受到女人们的追崇——无论是文艺女性、创业女性，还是家庭主妇，大家都喜欢拿她做榜样。

为什么那么多人喜欢拿她作为励志榜样呢？

有人说：“因为她比烟花绚烂。”

有人说：“因为她比梅花坚韧。”

有人说：“因为她比竹子更有傲骨。”

有人说：“因为她比莲花出淤泥而不染。”

我认为主要是因为她是一个极具有精气神的人。

她的精气神可以物化为梅、竹、莲的各种美好品格——宁折不弯，坚持原则，人格独立，不怕吃苦。

14 岁时，她宛若一朵清朗俊逸的梅花：

身穿黑纱透花夹衣裤，剪刀式刘海，戴着碧绿翠玉耳环。

尽管沦为卖唱的董小姐，但眉眼神色里皆是坚毅。

老年的董小姐是雅致文竹，白发苍苍，温婉知性，朴质无华。

纵观她的一生，作为一个被卖入青楼的卖唱女，一个军阀太太，一个日本留学生，一个提出离婚的惊世妇女，一个上海滩白手起家的企业家，一个单身母亲……

虽然一生坎坷，但精气神始终很足，始终追求自由、自立、自尊，追求美好，正如她自己所说：

“我从不因被曲解而改变初衷；不因冷落而怀疑信念；不因年迈而放慢脚步。”

02

一个人能否有所作为，精气神往往起着决定性作用。

精、气、神是人体生命活动的要素，可理解为一种精力、一种气势、一种气质。

何谓精？

精，是生命起源，是客观存在的精神，是独特的能量场。

它是一种力量，是一种人格。

董竹君从小就展现出独立、自尊与追求自由的精神风骨与力量。

小时候母亲多次给她裹脚，她都用剪刀剪了，拒绝裹脚。

父亲染上伤寒无力偿还看病的钱，不得不将她抵押到长三堂子“卖艺”三年。

她刚开始是拒绝的，因为觉得人不是“货物”，怎能说抵押就抵押了。但当父亲求她体贴他们的境遇时，她同意了，她说：“我是为了孝，为了孝而屈服的。”

除了孝，她再也不想让自己的自尊和灵魂有所屈服，哪怕是为了爱情。

初识夏之时，人们认为青楼歌妓配不上爱国英雄，但董竹君却并不以为然。她并不妄自菲薄，自认为相貌配得上爱国英雄，灵魂更是配得上。

夏英雄想为她赎身，她拒绝：

“我自己会想办法逃出去，不用你花钱。以后我和你做了夫妻，你一旦不高兴的时候，也许会说，‘你有什么稀奇的呀！你是我拿钱买来的！’”

夏英雄问她：“那你要如何脱身？”

她告诉夏之时，只要他同意“约法三章”，她自有办法脱身。

夏半信半疑她能自己脱身，但欣然同意“约法三章”。

14 岁的董竹君借助自己的机智，某夜把看守灌醉后，脱去身上华服与金银珠宝等首饰，清清白白，一身素衣逃跑来找夏之时。

那时候她是义无反顾的，因为她认为她有“约法三章”保她自由与尊严：

1. 坚决不做小老婆；

2. 带她到日本求学；

3. 成家后，共同经营家庭，男主外女主内。

这个充满傲骨的姑娘，哪怕是危急关头，也不抛弃她对自由和自尊的追求。

这次从火坑逃出，让她真正领略了一把裴多菲的诗歌所描绘的自由——生命诚可贵，爱情价更高；若为自由故，两者皆可抛。

关于这次出逃，董竹君在自传中这样表述：

“一直被束缚在身心上的什么东西全部解除了！能向天空飞翔似的浑身轻松，乐开了花一样。这是我第一次对自由的体会，永难忘怀！”

03

那么，人格呢？

“竹君，今天才知道你的人格。”

这是签署离婚协议后，夏之时对董竹君说的话。

夏之时的人格，从离婚之后便分崩离析了。董竹君的人格，却在她离婚之后越发纯粹起来。

1914 年，夏之时 27 岁，董竹君才 15 岁，俩人正式结婚。

然而，夏之时却是个“直男癌”，婚后生活并不美好。

日本留学期间，董竹君学师范，但夏之时不允许她去学校上课，而是请了家教，怕她被人勾引走。

夏之时由日本返川，临走前给了她一把枪，除了防贼自卫，主要还是为了告诉董竹君，万一做出对不起他的事，就举枪自杀。

此外，他还特意派了他的四弟到日本陪董念书，监督董竹君的行为。

回国后的生活更是艰难。

婆婆等家族人不待见她说：“一个卖唱的只配当姨太太罢了，况且嫁给我们这种大户人家算怎么回事？你赶紧给我娶个正房回来！”

董竹君展现了她的高情商，初去四川时，她从老至小给所有人都准备了一份礼物，初次见面给大家留下了很好的印象。

在平日的生活里，对长辈恭敬，对同辈忍让，勤勤恳恳。

但她刚“摆平家人”，丈夫夏之时又因被解除了公职，脾气越来越坏，沉迷鸦片，活得越来越像个旧式遗老。

而董竹君呢，从离开青楼开始，她就在努力改变命运。

在日本时，她白天上课，夜晚挑灯奋战读书看报，常读到两眼红肿。

回川后，董竹君认为既然已经儿女成行，便积极地动用个人力量去改变家风，希望借此拯救这段已经在发霉、腐烂、变质的婚姻。

她动员夏之时创办学校。

她开办“富祥女子织袜厂”和出租黄包车的“飞鹰公司”。

她创业的初衷有两条，一是改善经济，二是帮穷人尤其是女性独立。

“富祥女子织袜厂”里面全是周围的穷苦女性，她创办的“飞鹰公司”不但福利比其他出租车公司好，她自己还常常亲自去给大家演讲。

从医疗保健常识到薪酬福利制度，再到企业理念，她的演讲内容丰富多彩。

她在主持家务、育儿以及创业中，展现了她动人的人格魅力。除此之外，她还爱读书，会买大量的杂志、书籍阅读，有了孩子后就和孩子们一起读书。

友人来她家做客，赞叹道：“你们家前面琅琅读书声，后面一片织机声，真是朝气蓬勃，好一个文明家庭。”

但遗憾的是，夏之时始终在炕头烟雾缭绕。

无论她怎么勉励他多读书，他始终不以为然，甚至觉得她被新思想戕害。

在夏的眼里，女子就应该在家相夫教子，料理家务。

夏之时重男轻女，反对送四个女儿读书，甚至觉得董竹君将精力花在生病的女儿身上也是浪费。不但如此，他还常拿董竹君妓女的出身说事儿，对岳父岳母也是看低到尘埃里。

有一次竟对着因丢失金镯子而哭泣的岳母下令道：“把

她给我绑了！”

一个没落陈腐，一个积极向上。

气场不同，强融也融不了，两人注定分道扬镳。

离婚时，董竹君除了要求夏之时按月付孩子的生活费外，只有一个请求：若有一天自己意外离世，希望夏之时能培养女儿至大学毕业。

签字当日，夏之时夸赞董竹君人格。

但过后，他不但没有履行协定，从未给孩子们寄过一分钱的生活费，反而不断写信给各亲朋好友，诋毁董竹君携款潜逃等。

然而，董竹君的品格，让人们都相信她，而视夏之时为胡说八道，他们甚至将他的信拿给她看，还安慰她，让她放宽心。

04

气，即生存方法中表现出来的态度或气概。

按照《现代汉语大词典》的解释是：人或事物表现出来的力量和威势。

于董竹君来说，这气势便是有胆识、有魄力、知分寸懂进退。

董夏离婚时，四川舆论界一片哗然，很多人钦佩董竹君出走的勇气。

出走的娜拉，精神独立，但物质生活却陷入窘迫，不得不常去当铺典当抵押。

为了自由，她心甘情愿摒弃在别人看来荣华富贵的生活。她有一身胆色，又不怕吃苦，未来有什么好怕的?

李嵩高被她的气势打动，向她伸出了援手。

董竹君拿着李嵩高借给她的2000块钱创办了锦江川菜馆。

从饭店选址到装修，从人员招聘到培训，从菜色到定价，无一不亲力亲为。

这个浑身傲骨的女超人，将她创办的“锦江小餐”川菜馆经营得红红火火，生意蒸蒸日上，上海大亨黄金荣、杜月笙等都是锦江的座上客。

夏之时的传奇，从离婚之后便悄然结束了。董竹君的传奇，在她离婚之后才正式开始。

紧紧抓住自由这根稻草的董竹君，正蜕变为有勇有谋的创业女性先锋。

后来，她又开办“锦江茶室”，1950年又将两店合并为“锦江饭店”。

至今，锦江饭店已经接待了一百多个国家和地区的三百多位国家元首和政府首脑。

当初，夏之时看不起她：“你若混得出来，我就以手掌心煎鱼给你吃。”

董竹君不但混出来了，还在战乱中帮助过许多人，成为一个备受尊敬的人。

正是她的这份“气势”，让她在婚姻的困境中迅速断舍离，更让她在乱世漂泊中总能逢凶化吉、受益无穷。

70岁生日那天，她在狱中题诗一首以纪念：

“辰逢七十古稀年，身陷囹圄罪何见。青松不畏寒霜雪，巍然挺立天地间。”

05

所谓神，即在举手投足间表现出来的区别于他人的“气质”。

用大白话来说，是生命进取的气质源头。

董竹君的独特，在于她的雅致从容与端庄睿智。人的优雅从容，往往可以投射到她的起居住行。

锦江饭店的装潢便是她个人气质的最好延伸——瓷器餐具上印着饭店的Logo——竹，雅致别趣；墙上有张大千画的竹子，郭沫若亲笔手书的“沁园春”等。

锦江的种种细节向人们呈现了一个有审美、有情趣、有品位、热爱生活的文艺女青年董竹君。

如果说她的雅致从容帮她渡过生活与事业里的各种难关，她的端庄睿智则让她始终保持着大格局、大智慧。

让她成为家族、企业，甚至是战乱逃生小团队里的掌舵者。

金融动荡，通货膨胀，她能洞察动荡本质，敢于借钱囤货，助锦江渡过危机，并热心协助其他酒楼渡过危关。

有人来饭店找茬或生事，她总能与之得体周旋，平稳渡过各种难关。她就像一块磐石，带领着锦江的员工，在风浪中穿梭而有惊无险。

据锦江某位老职员回忆，董竹君是一位非常睿智的女性，她给大家的印象，就是她只要眼睛一睁开，就在动脑筋。

后来，她把锦江饭店交了公。这其实也是她的睿智。

公私合营是那个时代的趋势，与其纠结，不如在时间上主动结束属于她的这个时代，才能在时空上永远保留它。

06

作家亦舒说："人真的要自己争气。一做出成绩来，全世界都和颜悦色。"

这话是什么意思？

就是说，无论是生活、婚姻、工作，还是事业，人都得先靠自己。

靠自己用昂扬向上、乐观拼搏的精神去感染他人，支撑生命，收获好运，收获贵人，收获事业，这样的状态才能使生命熠熠生辉。

董竹君和夏之时结婚时，周围人都瞧不上她，她拼命读书一改大家对自己的偏见；董竹君和夏之时离婚时，连同夏之时本人都看不上她，她努力创业一改大家对女性的偏见。

在人生几十年的磨炼里，董竹君渐渐懂得：自悲自怜，只会越来越消沉。活出自我，才是生命中最重要的事情。

在《黑铁时代》里，王小波写道：

“如果我会发光，就不必害怕黑暗。如果我自己是那么美好，那么一切恐惧就可以烟消云散。”

而董竹君正是一个将自己活成了发光且美好的人。

她了解自己的精气神，也善于运用自己的精气神，所以她活成了那个世纪传奇的董小姐。

好的婚姻，成就更优秀的你

潘素：

——洗去尘埃，终成明珠

你正在寻找的东西也在寻找你。

——鲁米

世人提起潘素，总是先提起她的青楼头牌身份，接着又提起张伯驹，美其名曰：张伯驹背后的女书画家。

有人说，潘素是幸运的，因为她遇见了张伯驹，大才子救她出风尘。

可是，从某种意义上说，潘素也成就了张伯驹，就如古波斯诗人鲁米所说：“你正在寻找的东西也在寻找你。”

01

少女时代的潘素，曾也是上天的宠儿，长得美丽，又有一个爱她的母亲，母亲找人教她琵琶，还聘请名师教她音乐和绘画。

这个“出厂设定”看似非常好，然而，命运又曾饶过谁？又有谁的一生，不经历刮风下雨电闪雷鸣？

潘素人生的第一场风雨是母亲的去世。

母亲去世后，13 岁的她被继母卖到妓院。

青楼鱼龙混杂，这让潘素一夜长大，历练风尘，让她有了超出年龄的成熟，也让她性格里有了冷静而清醒的一面。

13 岁混青楼，这让经历丧母之痛的潘素不得不武装自己，琵琶是她的道具，圆熟而世故的社交技巧是她的面具。说着不符合年龄的话，在成人的世界里周旋，这是无忧无虑长大的人所无法想象的。

按照上海花界的分工，别人多接官家的客人，她却整日和黑社会混迹一块，猜酒令划拳，热热闹闹，她甚至学黑社会们在手臂上文身。人生多喧闹，但夜深人静一人独处时，她也会感慨自己的这份不得已。

那时候的潘素长得美，见过潘素的一张照片，她身着一袭黑色旗袍，长身玉立，冰光雪艳。

董桥描写照片上的她：“亭亭然玉立在一瓶寒梅旁边，长长的黑旗袍和长长的耳坠子，衬出温柔的民国风韵，流苏帐暖，春光宛转，几乎听得到她细声说着带点吴音的北京话。”

长得美，又擅长与人周旋，不知不觉名声在外。她成了有名的“潘妃”，当时的国民党中将臧卓看上了她，甚至与她定下婚约。

被国民党高官迎娶，成为众多姨太太打麻将时的一员，似乎是那时的“潘妃”的最好出路。所以，一时间，臧卓成了她的贵人。

然而，当爱情来临时，贵人也可能变成拦路石。当潘妃遇见张伯驹，想要奔向张伯驹时，臧卓曾一度将她软禁。

想来，既然身处红尘，她所接待的又多为黑社会一流，此种争风吃醋的事情就不会少发生。这一方面锻炼了潘素与人沟通、与人周旋的能力，另一方面也锤炼了她遇事冷静，尽力想办法解决问题的理性。

当然，此过程中潘素所经历的沧桑，也是冷暖自知。也许正是由于这些人生经验以及在欢场见多了光怪陆离、逢场作戏、装腔作势的人，在她遇到张伯驹的真心时，她才会那么义无反顾。

张伯驹把她比作千里和亲的王昭君，发誓要娶她，写了一副对联：

潘步掌中轻，十步香尘生罗袜。
妃弹塞上曲，千秋胡语入琵琶。

她当然知道违背国民党中将婚约的代价，于她这样的风尘女子，有人拜倒石榴裙下愿意娶她，她该惜福。但她是潘素，她想要的远不止这些。

年轻时的困境最考验人，但真正的力量也蕴含在这艰难的蛰伏期。有人在这种艰难里，选择随波逐流，选择有枝就依，然而也有人依然能保持着清醒的意志，倔强地坚持选择自己想要的爱情与生活。潘素正是这样的人，与其说她择枝而依，不如说她内心本就有乾坤，因而才能吸引张伯驹。

或许，一开始，她并没有那么懂张伯驹，但她知道自己想要什么样的爱情，知道自己想要怎样的生活。所以，当这个令她一见倾心的张伯驹对她也有情有义时，她愿意押上所有赌注奔赴他，哪怕这中间有着千难万险，她也要试一试。

02

张伯驹果然没有负她。

他成功营救出被臧卓软禁的潘素；他为她甘愿散尽万贯家财，他分了巨款给家里的太太们，并一一与她们办理好离婚手续。

1935 年，一番坎坷之后，两人终成佳偶。

此后，在张伯驹的帮助下，她发掘到自己的绘画潜能，并在他的成就下，使潜能变成才华。

张伯驹对她的鼓励与支持是不遗余力的，他不惜花重金请名师教潘素作山水画，与朱德箐习作花卉，与老画家陶心如、张梦嘉合作作画。

除了精进绘画，他又找来夏仁虎老先生，教她通鉴古文。

当然，最终成就潘素的，还是她自己。

亦舒说："一个人在某些方面有天赋才华，可用如鱼得水来形容，你不需逼一条鱼学习游泳，亦毋需勉强一只猪学懒，还有，人类呼吸空气，也不用刻意。"

画画于潘素就是如鱼得水的天赋，且她自己又全身心投入，昼夜不息、夙兴夜寐，潜心钻研隋唐两宋工笔重彩画法。

她的才华，尤其是她在绘画上的才华令她变成了发光体。无需太多溢美之词，众人的夸赞便可以概括她的绘画地位：

张大千评价潘素的画："神韵高古，直逼唐人。"

周恩来同志对她的《漓江春晴》高度评价，认为"有新气象"。

董桥认为，论画，潘素要强于张伯驹；论字，张伯驹则要强过潘素，潘素的画加上张伯驹的字是最佳。

除此之外，潘素的山水画作还被作为礼品赠送给英国首相、日本天皇等外国领袖。

这种在绘画上的开局，于潘素而言，是另一种新生。这也给她带来了一个崭新的精神世界。

这个崭新的精神世界，让她与张伯驹更是志趣相投、精神相契。两人在共同生活的四五十年里，一直过着一种研究书画、诗文的家庭生活，几十年如一日。张伯驹一方面请大师教潘素绘画的技艺，另一方面自己也不甘落后，也奋发写作，并经常邀请名家前来赏评两人的诗画成品，以共同策励。

一段感情，或始于美貌吸引，但其浓烈度，还是在于两人在岁月里的添情加意，容颜易老，能留住一个人的心的，还是彼此在风雨中的共同成长。

当然，要成为绘画领域里闪闪发光的女子，才华只是敲门砖，长达几年甚至十几年的专注及坚持，才是潘素走上艺术巅峰的所在。

“几十年来，时无冬夏，处无南北，总是手不离笔，案不空纸，不知疲倦，终日沉浸在写生创作之中。”

她知道，别人成全自己是情义，但任何单向的成全都是不会长久的。若不想关系失衡，则需要自我完善、自我成长、自我成全，待他日自己也有能量成全对方，给对方一个开阔且包容的世界，双方关系才能动态平衡。

显然，时光证明，她是对的。

03

张伯驹的老友说潘素，“身上存在着一大堆不可理解的矛盾性，是位大怪之人”。

经历是人生的一部分，除了才华、美貌，经由风浪和善恶雕琢而出的洞察力，也是气质中很重要的一部分。

因为在苦中熬过，潘素不怕吃苦，在遇到重大变故时，总能快速决断，展现出一颗坚强与强硬的大女人心。

她似乎总能在逆境里开辟出一条自己的“幸运路”来。

因张伯驹沉溺于买古字画，有一次，为了给张伯驹筹款，潘素去街上用金子换现款，被公安局拘留，一关就是十多天。

在牢狱里，潘素并没有表现出惊慌失措，而是坦荡对待，没有情绪化，没有曲意逢迎，她坚信自己的清白，也坚信自己终将被释放。后来情况弄明白，就是分局搞错了，分局道歉并放回了潘素。

还有一次，张伯驹被七十六号机关绑架了，对方让潘素准备两百条金子（一条十两）来赎人，否则就撕票。

结果这一对璧人，一个不怕死，张伯驹嘱咐潘素一定要保护他的藏品，一件都不能让外人知晓，要是她为了救人而卖掉一件，他死了也不出去；另一个则展露了超级强大的定力与心理素质，在张伯驹被绑的八个月，顶着身边亲朋好友异样的眼光，面对众人的劝说，潘素岿然不动坚决不卖画。

她当然是爱他的，她也担心他会被撕票，但她的“赌性”被他“誓死保护国宝”的决心激发，让她变成了一个不容易被轻易操控的人。

幸运的是，后来，张伯驹居然自己逃离了虎穴。

从种种惊心动魄的经历可以看出：潘素是一个有着强大定力以及自己的一套处世逻辑的人，这让她能坚定地为自己做主，即使在面对生活困境时，她也能坚定不移，因为她有自己的精神武器。

当然，她的定力也有无效的时候，那就是面对张伯驹的种种要求时。

他似乎总能触到她的软肋。当然，或许在潘素看来，这是她在自己能力范围内对他的某种成全。

一次，张伯驹看上了一幅精美的古画，对方要价不菲。张伯驹见潘素有些犹豫，就干脆躺倒在地，像小孩一样躺地上耍赖，任她怎么拉，怎么哄，就是不起来。最后，潘素只能用自己的细软再次兑换了买画钱，为他买了画。

章诒和在《往事并不如烟》中说："这对夫妇相处，是完全以张伯驹为轴心的，潘素对张伯驹，是百分之一百二的好。"

潘素有辽阔的心理疆域，可以为爱人宁折不弯，也可以为爱人一再妥协；她可以与爱人共赴艺术理想，也可以为保全爱人的自我甘愿忙于锅碗瓢盆的琐碎中。

某种意义上来说，张伯驹是她一生事业最辉煌的起点，也是低谷点。在她身上，能看到天赋的烙印，更能看到命运的干涉，上苍对她有垂爱，也有狠心，但终究，她是把命运攥在了自己的手上，从未放弃努力生活。

在这人生几十年的陪伴里，潘素与张伯驹所经历过的那些高峰与低谷的时刻，最终都成了这一段感情里的佳话，也成了她人生的注脚。

顺境时，她能快速成长，使自己能和张伯驹产生能量交换；

逆境时，她能果敢地负起自己的责任，让亲密关系更上一层楼。

这些都让她和张伯驹的爱情更加丰富、立体，也使她的个性成长了起来——冷峻而有力量，清醒而又温情。她的个性被时光雕刻到了骨子里，以至于，她的每一幅画，每一处着墨，都沾染了她的个性——冷峻的底子透出疏落的俏丽与灵动，清雅的画风里又添了理性与温暖。

我想这大概就是别人说她是怪人的另一大原因，她的这种智慧很大程度上也成就了张伯驹，就像歌德说的那句："永恒的女性，指引我们向前。"

● × 盛爱颐：

在时光中盛开的女子

——优雅、从容、不低头

01

1923年的一天，宋子文即将出发去广州，“盛七”小姐在思索纠结好几天后，做了一个让后人“议论纷纷”的选择——她在离别时，以一枚金叶子相送，当是定情信物，并幽幽地说：“我等你回来。”

有人说，这是怂，盛爱颐就是留恋原生家庭大宅门里的富贵，不敢追求爱情，不敢为爱情更进一步。

有人说，这是智，毕竟古往今来为爱而私奔的富家千金，能获得“王子与公主从此幸福地生活在一起”的结局的，少之又少，最终弄得众叛亲离，流离失所者居多。

但不管是怂，还是智，时光续写出的爱情结局告诉我们：她运气不是很好，赌败了爱情——此次一别后，宋子文并没有在荣誉加持后回来娶她，而是另娶佳人。

等了多年的爱人娶了别的女人，这让她成了“民国”佳人里被人同情的前任。

但如果时光能倒流，她大概还是会做出同样的选择吧。彼时母亲仍在，母亲需要她，她又是闺秀中的闺秀，自小比平常人家的女儿接受更多的约束和管教，骨子里有一种“弱德之美”。

她当然不弱，但是在某种程度上，为了不辜负母亲，她会选择去压抑自己，就如叶嘉莹先生所说的，“这个道德是在被压抑之中的，都不能够表达出来的。弱德就是你承受，你坚持，你还要有你自己的一种操守，你要完成你自己，这种品格才是弱德”。

一方面，她要承受原生家庭尤其是母亲给她的枷锁，另一方面，她又想要完成自己对爱情的追求。

这样的“盛七”小姐当然不会义无反顾地去和男人私奔，但她愿意等待爱情，她等男人建功立业来说服自己的母亲，但男人就是放出去的风筝，遇到好风说不定就会脱线，借风上青天了，哪里还记得这头牵着线苦苦等待的初恋爱人。

但，在两难的情况下，她只能让自己赌一把。

不幸的是，她没能赢。

当宋子文再次回到上海时，已是“使君有妇”，他带着夫人张乐怡出入公开场合了。

她的爱情殁于原生家庭，尤其是母亲庄夫人给的桎梏里。

其实，庄夫人起初是看好宋子文的，她还是宋子文与盛七的“搭线人”。

彼时的宋子文是刚从美国留学归来的翩翩才俊。他在盛爱颐哥哥开的公司里做英文秘书，每天早上准时到盛家汇报工作。

因盛恩颐经常都要睡到很晚才起，庄夫人怕怠慢了宋子文，便让盛爱颐出来招待，两人谈天聊地渐生情愫。

当庄夫人得知两人相恋，派人去调查宋子文的家世，发现宋父是教堂里拉洋琴的，两家门不当户不对，马上转变态度，极力反对两人交往。为了拆散两个人，庄夫人伙同盛恩颐把宋子文调离了上海公司。

但宋子文却不顾一切地追求爱情，没几天他就辞职了，折回上海后他开始更大胆地追求盛爱颐。

然而，盛爱颐没能像他那么勇敢，那么不顾一切地去爱，她始终豁不出去，她对他的爱，因为她母亲的原因被压抑着。

1923 年，宋子文被二姐宋庆龄引荐给孙中山。当时孙中山先生一封封电报催其南下，宋子文认为这是个好机会。但，他想带着他的美人一起奔赴新生活，便力劝盛爱颐一起赴广州。

于是，便有了开篇车站赠送金叶子的那一幕——这是盛爱颐在对自我价值观作一番斗争后，选择的维持自我得体的一种方式。

说到底，家庭给的黄金枷锁锁不住她，她那样的女子，若不是自己想要等到母亲的欣然同意，若不是想要拥有被母亲认可、接纳的婚姻，怎会让心上人溜走？

再说，自己才 23 岁，她等得起，她也希望他能等得起。

但她却未曾想，她的原生家庭是他的心灵枷锁，那些被踩在底下的感受，大概是让他最终放弃她的原因吧。

那么，如果她出生在普通家庭呢？

02

只是，人无法选择自己的出身。而且，她的原生家庭，也是她富足一生、得体一生的人生底牌。

她是真正含着金汤匙出生的“富二代”。

父亲盛宣怀是当时上海滩最大的资本家，他是洋务派领袖，被誉为“中国实业之父”和“中国商父”；母亲是能读书、能经商、能驭夫、能育儿的女强人，其孙女盛佩玉在回忆录中称她“有王熙凤的手段”。

自小生活在“跨界政商”的文化里长大的盛爱颐，她见多识广，聪明机灵，也有一种游刃有余的“大女人范”。

盛爱颐 16 岁那年，父亲盛宣怀去世，母亲便担起了当家人的重任。

哥哥们做事不靠谱，作为母亲的贴心小棉袄，聪明伶俐的盛爱颐自然成了母亲的助理与秘书。

庄夫人常带着她出席各种社交场合，大小事务也放手让她去做，她都能一一处理妥帖，甚至许多危急关头她也能冷静应对化险为夷。

有母亲的指点，有自己的勤奋好学，又有“家族企业”这个大战场任她驰骋，上海滩“盛七”小姐的名头也越来越响。

但名头再响，也没能让宋子文放下过往她的家庭带给他的某种“羞辱感”。庄夫人去世后，俩人之间的爱情枷锁没有了。她自由了，能彻底做自己了，但他却始终没有归来。

03

什么是做自己？

路遥曾说：“每个人都有一个觉醒期，但觉醒期的早晚，决定个人的命运。”

这个觉醒后的自我，才是百分百的自己。

1927 年，庄夫人去世后，盛家立刻陷入财产争夺大战。起初，盛爱颐并不想卷入这场纠纷里，她想要出国留学，想要充实自我。

但当她向哥哥们要十万银圆作为出国留学的费用时，他们毫不留情地拒绝了她。

彼时，盛爱颐仍在等宋子文，还是待嫁闺中，按照当时的法律规定，未出嫁的女子也有继承权。但她的哥哥们并不打算要分财产给她。因为在他们看来，法律仅仅是法律，它并未被真正执行过。

这事让她看清楚了这个家庭的底色，自己若再向原生家庭妥协，恐怕在这个家庭里连半席之地都没有了。

除了向母亲低头，她不想一再忍让，不想再牺牲自己，她把参与财产分割的三个哥哥和两个侄子告上了法庭。

为家庭财产兄妹开撕，乃至对簿公堂，这在她看来很不体面。

如何才能体面地赢？她展现了她的高情商以及处理事情的高级手腕：首先，将家事上升为国事，本来是家庭财产纠纷，却被她上升为争取男女平等权益事件；其次，她将这个事务全权交由律师代理，她本人并没有出席官司，避免正面冲突。

最终，盛爱颐打赢了中国第一场女权官司，拿到了属于自己的五十万两银子，这让她有了过体面生活的经济基础。同时，她为中国女性的财产继承权开辟了先河，她是中国女性过独立生活的精神榜样，这大概是体面的最高级形式了。

04

这边虽赢了官司，但那边却输了爱情。

同是1927年，宋子文与江西大商人张谋之年轻貌美的女儿张乐怡一见钟情，结为人生伴侣。

当初的恋人娶了别人，这对她自然是极大的打击。但时间是最好的良药，她到底接受了现实，并开始重建生活。

1932年，32岁的盛爱颐选择嫁给了自己的表哥庄铸九。

这是一段青梅竹马与“志同道合”的婚姻，他们是生活合伙人，同时也是事业合伙人。

同年，她和丈夫合伙入股创办了“百乐门舞厅”娱乐公司。盛爱颐也因此成为中国第一个涉足娱乐业的女企业家。

“百乐门舞厅”成了她自我新的栖息之地，忙事业的女人自有一股璀璨魅力。或许是她的光芒照到了宋子文那里，或者是宋子文压根就不曾忘记过她，在旁人帮忙组的一个局上，两人相遇了。

他内心愧疚，心怀忐忑上前搭话；她一脸冰霜，拒绝聚餐拂袖而去：“不行！我丈夫还在等我呢！”

于她而言，一段感情断了就是断了，他有他的娇妻，而她也有自己的栖息之地，她要的是一场体面的退出。

既已相忘于江湖，何必又多此一举。

但她的家人有求于他。彼时，他正高官厚禄，春风得意，她的侄子因在汪伪政府和日本领事馆做过事被投进了监狱，盛家几费周折也救不出他。在全家央求和嫂子的长跪之下，盛爱颐同意打电话请宋子文帮忙。

这可能是她唯一没有忠于自己的一次。

宋子文爽快地答应并帮她解决了难题。他内心大概还是有一个永远的“盛七小姐”，后来，在她落魄时，他又差人来看她，甚至他的三个女儿的名字里都有个“颐”字……

然而，此情可待成追忆，只是当时已惘然。

05

她又遇到人生两次重大选择。

一次是事业，一次是关于人生定居大计。

因为经营不善，百乐门接连亏损，为了止损，盛爱颐不得不考虑将它转手抛售。

只是人算不如天算，百乐门易主后不久，正赶上大上海舞业的兴盛期，百乐门一下成了风口的“金猪”，生意忽然好到爆棚。

一时间，“百乐门”成为“夜上海”的代表，歌舞升平，是上海上层人奢华生活的缩影。

但既然已经放手，盈利再好，那也终究是别人家的累累硕果。就像那没有抓住的“潜力股”恋人，他再飞黄腾达，也终究是别人的丈夫。

或许，出生在富贵之家就用尽了她一生的好运气，之后她的每一次选择，都未能称心如意。

1949 年新中国成立前，很多曾经的名门望族选择悄然赴台或远走海外，因为某种情愫，她选择了留在故乡上海。

也有过一段岁月静好的日子。住在市中心的别墅里，夫妻恩爱，一双儿女健康成长，闲暇时光，她抽雪茄、看书、练字，日子十分惬意。

然而，世事难料。70 多岁的“盛七小姐”，变得一贫如洗，住的地方紧邻粪池，开门见菜场。若是内心没有一套澄明的自我生活逻辑，从云端到底层，遭此变故的富家千金，恐怕难以走出生活泥泞吧。

但优雅傲骨如她，并没有让自我也滑到底层，而是内心始终清醒与淡然。据说每当有海外亲友寄来雪茄时，她会拉着一把小椅子，十分优雅地坐在门口，幽幽吐着芳香，看着对面菜市场熙熙攘攘的人群。

扎扎实实地活在烟火生活里，诚心诚意接受自己那高开低走的人生，这也是她保持体面的一种方式。

人生如寄，我们无法决定自己的出身，甚至在人生际遇上，也常常力不从心，但唯一能决定的，是活成怎样的女人。

盛爱颐的一生经历了各种兴衰，但她始终活得干净、自律、自控，她有自己的生活标准，活在自己的准则里，爱情也好，婚姻也好，事业也罢，都有自己的一杆秤：少女时，她追寻“弱德之美”甘愿听从母亲，却错失爱情；母亲去世后，她和哥哥们打官司争遗产，赢得经济独立；结婚后，与老公共同创业……

虽然不是每一次的选择都通往美好，但至少每一次选择都忠于她自己的灵魂，是她在当时那个环境、那个情境下选择的所能承受的“体面”人生。

不逃避，不躲藏，直面猝不及防的变故，情感的也好，生活的也罢，直面才能体面。

83 岁时，她独自体面、从容地去了另外一个世界。

她这一生，虽然没能求仁得仁地与自己最初的爱人相守一生，但却活出了她自有的体面与优雅，大抵就是这句话所诠释的那样：“所有的女人，终有栖息之地，不是他人，唯有自己！”

●

×

苏青：

以文字谋生，以柔情谋爱

——没有特别幸运，请先特别努力

有心理学家说：人的一生就是人生前六年的不断重复。长大以后生活中也会不断遭遇不幸和悲伤，这种现象，心理学上称之为“强迫重复”。

苏青外婆的婚姻是痛苦的。

在苏青外公的眼里，婚姻从来不存在专一与忠诚，野花总比家花香，他曾一度与一个唱戏的好上了。苏青外婆的做法是，遵从女子三从四德，将戏子娶回家门，她对苏青说：“男人三妻四妾是正经，索性劝你外公把她娶进门来，落得让人家称赞我一声贤惠。”

苏青母亲的婚姻是不幸的。

父亲虽然没有纳妾，可是吃喝嫖赌样样精通。起初，苏青的母亲还积极反抗，企图维护自己在婚姻里的权益，但是父亲花样百出，层出不穷，吵闹无用，反而徒增怨气，最后干脆选择掩耳盗铃，尽力维护自己良母的职责。

从小就沉浸在外婆与母亲不幸婚姻里的苏青，究竟会有怎样的婚姻呢？

不结婚？改写家族婚姻史？还是重复长辈们的不幸婚姻？

01

苏青出生于浙江宁波一个旧式家庭，家里有几千亩田地，祖父给她取名“和仪”，取“鸾凤和鸣、有凤来仪”之意。

她曾在文章里写道：“当我呱呱坠地的时候，我父亲就横渡太平洋，到哥伦比亚大学去‘研究’他的银行学去了。”

后来，父亲回来，一家人在熙熙攘攘、人来人往的大上海生活，父亲吃酒、赌博、狎妓，长期出入娱乐场所，甚至包情人，养二奶，母亲鲍竹青则软弱忍耐，甚至还迎合他。

在苏父的眼里，“太太是管家的，养孩子的，对付父母族人和亲戚的；爱人则是游乐的，安慰自己的，仅在朋友中间露露面的”。

父亲对母亲的种种，导致苏青极其厌恶他，她曾说：“为儿童的幸福着想，有一个好父亲是重要的，否则还是希望索性不要父亲……”

11 岁那年，苏父所经营的银行倒闭，心力疲惫的他大受打击，又因为长年累月在外风流，作践了自己的身体，内外耗损严重，便一命呜呼了。

但苏青对父亲的恨，并没有因为他的离世而终止。她认为拜他所赐，她见识了男人的无情，也让她见证了母亲的艰辛与消瘦，她说："从此男孩大起来对家庭就失去兴趣，女孩大起来简直不肯相信男人了。他们及她们的将来结婚幸福从此就有了黑影。"

没有经济能力，靠节俭与老本艰难抚养着几个孩子的苏母常常陷入矛盾里。

一方面她觉得自己是婚姻里的受害者，常常劝诫子女："告诉你吧，我为什么仍旧坐在家里养你们？那都是上了你死鬼爸爸的当！那时他刚从美国回来，哄着我说外国夫妇都是绝对平等，互相合作的，两个人合着做起来不是比一个人做着来得容易吗？于是我们便结婚了，第一个孩子出世后，我自己喂奶，一天到晚够忙的，从此只得把找事的心暂且搁起，决定且待这个孩子大了些时再说。哪知第二个，第三个接踵而来，我也很快地上了三四十岁。那时就算有机会，我也自惭经验毫无，不敢作尝试的企图了。可是我心中却有一个希望，便是希望你们能趁早觉悟，莫再拿嫁人养孩子当作终身职业便好。无论做啥事总比这个好受一些，我已恨透油盐柴米的家庭琐事了。"

可另一方面，她骨子里依然觉得女儿要嫁人，要嫁个好人家，这才是一个女子的好归宿。

母亲的这种矛盾性格，深刻影响着苏青及其他子女。

一方面，苏青极其上进好学，以求多掌握些知识和本领，期望他日实现女子抱负。她成绩优异，擅长写作，常在校刊发表文艺作品。父亲病故的第二年，12 岁的苏青就进入了女子师范学校就读，她长得漂亮，学业也拔尖，很快就成了校园风云人物。

另一方面，在苏青 15 岁那年，苏母做主，让她与家境殷实的李钦后订婚。之后二人同读一所高中，十九岁的苏青与李钦后一起毕业，分别考入中央大学外文系和东吴大学法学系。在大学时期，因为长得漂亮又有才华，苏青被称为“中大宁波皇后”。

年轻的女孩，正处于对爱情的憧憬期，此时的她是想爱的，而且是想谋专一的爱，她曾写道：“我需要一个青年的、漂亮的、多情的男人，夜里偎着我并头睡在床上，不必多谈，彼此都能心心相印，灵魂与灵魂，肉体与肉体，永远融合，拥抱在一起。”

然而，李钦后是这个男人吗？她不知道，但她愿意试试。

张爱玲说：“苏青是乱世里的盛世的人。她本心是忠厚的，她愿意有所依附。”

所以，当母亲与李钦后家要求她结婚时，她就结了，她不但早早地结婚了，还连生了好几个孩子，开启了与母亲相似的婚姻生活。

02

一直以来，苏青下意识地提醒自己：绝对不重复外婆或者是母亲的足迹，一定不成为男人的附属品，如果恋爱，定找与自己相爱的白马王子。

意识上，她想找一个与父亲截然不同的男子。然而，潜意识却指引了她找了与父亲极其相似的男子。

新婚的苏青很快就发现李钦后有个姘头，在自传体小说《结婚十年》里，苏青曾描述过自己当时痛楚的心情：

“几乎气昏过去。”

“好一对无耻男女，深更半夜，在拿我做谈话取笑的资料。”

这段婚姻，始于这根刺。

然而，她并没有想着要立刻止损，要拔出这根刺，而是选择像她的母亲一样容忍这个花心男人。

她容忍这个姘头跟她丈夫同进同出，容忍着他们保持联系打得火热。

彼时，回到学校后的苏青，即使在遇到让自己心动且对她百般体贴的男子时，她依然十分自律地拒绝，就犹如她自己所说：“一院芳菲今有主，崔郎从此莫留诗。”

她说：“我是个满肚子新理论，而行动却始终受着旧思想支配的人。”

可是，她对婚姻的忠诚与忍耐又得到了什么呢？

怀孕，辍学，待产少妇，整天与公公婆婆待一起的“留守”妇女。盼望丈夫归家的寂寞少妇。

待产的日子无聊，不能看书，因为会被说，于是日子就变成等丈夫回家：“我只寂寞地从早等到晚，从夜里等到天亮地等着——等着寒假到来，那时候丈夫总可以回家了，虽然还是陌生的，他总是我的丈夫呀！”

孩子出生了，是个女孩，婆媳之间，姑嫂之间，瞬间就有了千沟万壑。

然而，母亲的力量也是伟大的，生长女时，她的心情是欢喜的，她说：“我的女孩，我爱她，只要有她在我的身旁，我便什么都可以忍受，什么都可以不管，就是全世界人都予我以白眼，我也能够独自对着她微笑！”

月子里，婆婆居然吩咐用人，不让苏青喂奶，只因为想让她快点来例假，好快点抱孙子。

苏青当然觉得酸楚，可是既入了这婚姻，则安之，因为她认为——结婚之目的乃在于保障儿女，不在于保障爱情。

接着，她又生了三个女儿和一个儿子，不管愿意不愿意，自己似乎真正变成了传宗接代的工具。

婚姻生活本来就一地鸡毛，经济条件不好为家操持，加上有一个女儿夭折，苏青感觉自己的生命渐渐失去光彩了。

丈夫李钦后又是个责任心不够的大男子主义者，不给生活费的他，还不允许女人哭穷，不允许女人看书。

苏青在文章里写："他，我的丈夫，却不许我向上。"

苏青性格有保守的一面，更有泼辣的一面，就如张爱玲所说：她是个红泥小火炉，有它自己独立的火，看得见红艳艳的火，听得见火中哔哔剥剥的炸裂声。

这样性格的苏青，遇到死要面子又无法养家的男人，家庭战争便时有爆发。

但彼时的苏青，为了孩子，仍然选择忍耐，哪怕这个男人一直在出轨，"丈夫若是有了外遇，做太太的为保障儿童的幸福起见，争取乃是唯一的合理的办法。我以为争取丈夫的必需的工具有三，即：真情，善意，最后才是美容"。

但为了摆脱因向丈夫讨要生活费而屡受羞辱的日子，她开始写作，以文字谋取生活费。

然而，无论是真情，还是善意，都没能改变一个赤裸裸的现实：那就是战火纷飞之际，李钦后抛妻弃女独自出逃。

那时候，苏青刚产女，本应坐月子的她遇到上海遭遇战火，而那个她想争取的丈夫，却抛下了她与刚出生的孩子，自己逃跑了。

大概是这个时候，苏青真正认清了现实：这个男人靠不住！女人的命运不只是婚姻，更要靠自己。

后来，李钦后又一而再再而三地出轨，且对孩子与她不管不顾。当他的情人肚里有了他的孩子时，她再也坚持不下去了，铁定心思不再做他的"煮饭婆"，头也不回地离了婚。

有人评价苏青的离婚：她的离婚具有几种心理成分，一种是女孩子式的负气，对人生负气，不是背叛人生；另一种是成年人的明达，觉得事情非如此安排不可，她就如此安排了。她不同于娜拉的地方是，娜拉的出走是没有选择的，苏青的出走却是安详的。

然而，不管怎样，十年婚姻，十年青春，终成一梦。

苏青在《结婚十年》中说："男人是坏的，因为他们用情不专、不永久。"

十年婚姻，难道就是为了得到这一定论？

十年，人生有多少个十年？如果能早点认清现状，早点止损，她的人生会不会又截然不同呢？

离婚后的她，一个人带着四个孩子闯荡江湖，她又将面临怎样的艰难？

03

张爱玲的清高与孤傲，可以说是举世闻名的，她从来都不屑于与其他作家相提并论。可当有人问她："你比较欣赏的同时代女作家是谁？"

张爱玲很笃定地说："如果必须把女作者特别分作一栏来评论的话，那么，把我同冰心、白薇她们来比较，我实在不能引以为荣，只有和苏青相提并论我是甘心情愿的。"

被张爱玲推崇，这无疑是到现在苏青仍能被世人记住的主要原因之一，这也是她离婚后开阔生活里的一个侧影。

事实上，离婚后的生活很艰难，但开局算精彩。

从离婚中出来的苏青，已经开始找到了自己的谋生方式——写文章，赚稿费，出书，赚版税。

仿佛是一战成名，她写的《结婚十年》十分畅销，再版了三十六次，她迅速成为上海文坛炙手可热的畅销书作家。

相比于荣誉，她更在乎她可以赚多少钱，又可以养孩子多久。笔耕不辍，不但让她收获了经济独立，也开始有了贵人运。

只是这“贵人”的特殊身份，却成了她生命里不能承受之重。

这人便是陈公博。苏青在《古今》上发表《论离婚》一文，文字里的思想与力度成功吸引了陈公博的注意。

他向她抛出了带“枷锁”的橄榄枝，安排她做自己的专员。

当时的她身兼多职，既是母亲，又是父亲，既是女儿，又是姐姐，要扛起一个大家，这非常不容易。

能有一份额外且不菲的职场收入，这个家的经济危机大概就能得到缓解吧？所以，当陈公博邀请她时，她欣然前往“职场”拼杀。

后来，陈公博又出资助她创办杂志，取名为《天地》，又是一炮而红，据说创刊号卖到脱销。

似乎，离婚让一切都呈现跃迁式的变好，她的天地越来越广阔了。

如果她的人生按照这样的脚本续写下去，那么她就会成为当下事业有成、有儿有女的成功大女主之类的。

然而，人生本来变化多端、命运叵测，正所谓成也萧何败也萧何，当年的贵人很快就变成了给她带来灾难的导火索，枷锁也变成了后来的“牢狱之灾”。

她没想到，自己当年为汉奸政府做事、与时任汪伪政府上海市市长的陈公博有说不清的暧昧关系、将自己的名字与汉奸联系在一起……这些都成为埋在她人生后半生里的“定时炸弹”之一。一旦触发，所有一切便烟消云散，包括她在文坛的成就，包括她的生活……

当时的她又是一个“文”无遮拦的女子，谈起旁人来又从不留余地，说话出语尖酸，比如：

她说冰心：“从前看冰心的诗和文章，觉得很美丽，后来看到她的照片，原来非常难看，又想到她在作品中常卖弄她的女性美，就没有兴趣再读她的文章了。”

她嘲笑同时代的女作家潘柳黛体态丰满：“你眉既不黛，腰又不柳，为何叫柳黛呢？”她甚至在文章里大谈性事，曾在《谈女人》一文断言：“我敢说世界上没有一个女人不想永久学娼妇型的！”又说：“四五十年光阴守着一个丈夫或妻子，试想这是什么味儿？”

“将来无生活能力的女人必定求着去当人家姨太太，有生活能力的女人只能非正式的向别人分润些爱情。这话又该给人家骂为无志气，但希望有志气的女人们速速自去断绝生殖机能吧。”

……

就如别人所说：苏青为人作文，是世俗的，百无禁忌的。这些百无禁忌成为后来带给她灾难的“定时炸弹”之二。

除此之外，她又是极其爱物质的，在钱上更是锱铢必较。

她在钱财上面的格局不高，经常因为钱而更换出版社，也常常因为眼前利益不顾交情，因此常常被人诟病，惹来许多是非之争。

比如，一位笔名叫危月燕的人撰文《与苏青谈经商术》写道：“作为一个宁波女人，比男人还厉害。不但会写文章，而且会领配给纸、领平价米，做生意的本领更是高人一筹，她出的书，发行人仅想赚她一个百分之三十五的折扣都不容易，竟然自己掮着《结婚十年》等著作拿到马路上去贩卖，甚至不惜与书报小贩在马路上讲斤头、谈批发价，这种大胆泼辣的作风，真足以使我辈须眉都自愧不如。”

但若是站在职场妈妈，而且是单亲妈妈的角度来看，又很是能明白她。

当养孩子要花钱，当赡养老人要花钱，当租房子要花钱……一个女人能怎么办？为了儿女，她不想再婚，那么除了在钱上该赚的赚，该争的争，该省的省，她又能谋其他什么出路呢？

再说，写文换米粮，本就是她的初心。

她不怕丢人现眼，不怕抖落鸡毛蒜皮、柴米油盐酱醋茶的家庭琐碎事，写文常以自己的生活为范本，多为接地气的烟火文字。

为了扛起养家的重任，她是拼劲了全身力量，这种彪悍的女汉子作风，旁人又有什么说三道四的资格？

张爱玲倒是理解并欣赏苏青这世俗的一面，曾在文中说："苏青就象征了物质生活。"

关于职业妇女的这种痛楚，她曾在与张爱玲一起面对记者访谈时谈过："工作辛苦是一方面，精神上也很痛苦。职业妇女，除了天天出去办公外，还得兼做抱小孩、洗尿布、生煤球炉子等家庭工作，不像男人般出去工作了，家里事务都可以交给妻子，因此职业妇女太辛苦了，再者，社会人士对职业妇女又决不会因为她是女人而加以原谅的，譬如女人去经商，男人们还是要千方百计赚她的钱，抢她的银子，想来的确很苦痛。还要顾到家庭。"

但当时的世人却不管这些，当时局变化，她这样一个爱钱、"文"无遮拦且与汉奸有着千丝万缕关系的女子，很快就被命运抛弃了——她成了被千夫所指的"文妓"。

正如她在小说里所说，世间上没有永远的春天，也没有长久的梦——她由一个轰动一时的畅销女作家，变成了一个叫冯和仪的离异妇人。

而同样犀利独特的闺蜜张爱玲，却远走美国，依然保持了自己的遗世独立。

她为什么不走呢？

她大概也是想走的，但是她走不了，那些让她后顾的亲情让她自愿丢盔弃甲："我觉得一个女人可以不惜放弃十个丈夫，却不能放弃半个孩子。"

想要保护儿女、抚养儿女长大的她，因为一封写给贾植芳的信被打成了胡风分子，被关进了提篮桥监狱。

暮年苏青，穷困潦倒，常常生病卧床，和已离婚的小女儿李崇美以及小外孙，三代人挤在一间十平方米的房子里。

1982年，苏青去世，终年69岁。临终前，儿子陪在她身边，就如她曾经所写——在无可奈何时，孩子是女人最后的安慰，也是最大的安慰。

临终无奈时，孩子成了她最大的安慰。

她这一生，就像那在春天里蓬勃而生的紫云英，即使再美丽绚烂，于她来说，也只不过是为了让自己更好地翻进孩子的生命之田里当底肥。

如同千千万万的女人一样，孩子，才是苏青在乎的人生大戏。

如花女子遍地是，人间不见潘玉良

● × 潘玉良：

——在流言蜚语中，活出了真正的自我

01

1908 年的江南，瓜洲古渡的一片小舟里，坐着一个眼神惶惑的扬州少女。

她刚剪了齐耳的女学生发型，身材苗条，脸颊微红。她望着长江两岸远去的风景，听着那不紧不慢的摇橹声，可她不知道，她的舅舅正谋划着把她卖给当地最著名的妓院——怡春院。

她是被待价而沽的 14 岁小女孩，老鸨和舅舅讨价还价，最终以两百大洋完成交易。舅舅对她说：

“要怪只能怪你命不好，出生时克死爸爸，两岁克死姐姐，八岁又克死妈妈，算命的也说了，你在家只怕不好出阁，我呢烟瘾大戒不了，养活不了你，卖了各有活路。”

从此，她在世人眼里便成了一个无耻的妓女。这个标签，让她后半生受尽了屈辱与不公。

她就是张玉良。

有人身处泥泞自己慢慢也融为泥泞，而有人身处泥泞却拼命要在淤泥里开出一朵花来；有人凝视深渊反被深渊凝视，有人却奋力挣脱深渊成为皎皎明月。

可死命也要在逆境中自我成长的张玉良，付出的代价也是惨痛的。

张玉良回忆，自己曾逃跑过十多次，每一次被抓回来，都是一顿毒打，毁容上吊数回，鬼门关来回数次。

见她性子烈，年纪又尚小，老鸨暂且屈服，让她学琵琶、扬州清曲与江南小调，做只卖唱不卖身的清倌人，暂且远离了红倌人那种“千人枕，万人骑”的命运。

而这一番“苦其心志、伤其筋骨”，可谓是潘玉良“出淤泥而不染”的必经之难。

因为转机和尊严，有时候就藏在这赢来的时间里。

02

17 岁的时候，她就因姿容清秀，气质脱俗，渐已芳名远播。而这一年，正巧海关监督潘赞化来芜湖上任，为了给新任监督接风洗尘，商会会长将张玉良献上弦歌助兴。

张玉良轻拨琵琶，慢启朱唇，珠圆玉润，一曲《卜算子》古调在厅内婉转回荡：

不是爱风尘，似被前缘误，
花开花落自有时，总赖东君主，
去也终须去，住也如何住？
若得山花插满头，莫问奴归处……

这曲子唱的凄凉委婉，辛楚悲伤，让潘赞化心头一震，随即问道这是谁的词。

她一声长叹：“一个和我同样命运的人。”

潘赞化又问：“我问的她是谁？”

她似回答又像自语道：“南宋天台营妓严蕊。”

人可以不识字，但不可以不识人。潘赞化酒席间的正派和对“马屁精们”的态度，潘玉良都默默看在眼里，以至于后来她下跪求他，救她于水火之中。

而她也的确没有看错人，潘赞化便是那个改变她后半生的贵人。

他教她读书写字，还愿为她重金赎身，送她回老家做自由人，可潘玉良不肯，她视他为最后一根救命稻草，宁愿为其做一生佣人，也不想再回到从前的生活。潘赞化见其实在可怜，便收留了她。

但世人却不这么看，在他们眼中，她是个下流的妓女，而他是个无耻的嫖客。一个有妇之夫藏妓女于金屋，这样的风言风语，传遍整个芜湖。潘赞化对张玉良说：

“玉良，你是个好姑娘，我长你 12 岁，家中早有妻室儿女，我总不忍委屈你，可现在看来没有别的办法，他们在外面给我造了不少谣言，想要我在关税上向他们让步，事情到了这种地步，你要是真的愿意，我就决定娶你做妾，明天就可以在报上登结婚启事。”

张玉良欣然答应。1913 年两人结成伉俪，证婚人是陈独秀，张玉良改姓潘。

从此，世上只有潘玉良。

03

古往今来，如潘玉良这样的女子，不是被踩在泥里，就是被世界抛弃。

幸得夫君潘赞化如父如兄，又亦师亦友。他送潘玉良到上海，并安排了老师给她上文化课。

潘赞化经常在外面奔波，潘玉良每天除了学习便是盼望夫君归家。恰逢他们家邻居是一位画画的洪野先生。她便天天趴在窗台上看邻居洪野先生作画，看得如痴如醉。兴许是从小看母亲刺绣，培养了她在美术方面的兴趣。看完之后凭记忆自己复画，竟也画的惟妙惟肖。

后来，洪野先生发现了潘玉良画的作品，称她有了不起的天赋，随即收下潘玉良做学生，免费教她画画。她非常用功，除去上课，其余时间都用在画画上。

剧作家廖一梅说过一句话："在我们一生中，遇到爱、遇到性，都不稀罕，稀罕的是遇到了解。"

她对于画画的痴迷，得到了夫君潘赞化的鼓励和支持，并鼓励她去考上海美专。潘玉良不负众望，凭借天资与努力，如愿考上了。

可教务主任并没有录取潘玉良。他心怀芥蒂，因为她的身份，因为她青楼女子的出身，因为她的名声，他拒绝了她。

大概是从这时候起，潘玉良知道，自己这一辈子恐怕都要为尊严而斗争了。舅舅丧失天良的决定，让她名誉俱毁，无论她多努力，都会有很多可预见性的障碍在等着她。

可命运之神再一次的眷顾了她。

当时的校长刘海粟知道这个情况以后，立马拿起笔，亲自到发榜单上添上了潘玉良的名字。

去了上海美专的潘玉良，带着复杂的心情来与师父洪野先生告别。洪野先生说：

"有句话我要直率地告诉你，以你的基础，能学到这个水平，已经很不容易了。要再往前走一步就不那么容易了。美与苦是一对孪生兄弟，每向前走一步，都要付出艰苦的劳动。"

最悲怆的命运早已领略过，还有什么可怕的呢？对于潘玉良来说，所有的向前一步，都是在命运底色上创作，能用艰辛劳动换成果，于她来说，那是幸运。

04

在校期间，潘玉良沉迷于画裸体画。

她在浴室里画女同学的裸体，被人追打，闹到教务处，引起不少师生的抗议和辱骂。当时，人们对人体素描和裸模有着极大的偏见，认为画裸女的女画家伤风败俗。

被浴室列入黑名单后，她想了一招，那就是对着镜子画自己的裸体。潘赞化不在家时，她便脱光衣服在镜子前立起画架，画起自己。她的第一幅自画像，名为《浴女》。

但潘赞化到底还是发现了潘玉良的秘密。一向温柔的他怒了。他怒她才跳出泥坑，又往泥坑里跳；他怒她将自己的躯体以另一种方式展现在大庭广众之下。

旁人的诋毁，爱人的不解，让潘玉良的内心极其痛楚。但挣脱和成长，有时就藏在彻彻底底的伤痛里。

可她为何如此痴迷于裸体画呢？

一方面源自于她对西洋画的热爱，另一方面源自于她对于裸体的特殊感受——那些过往岁月里挨饿的身体、被人泄欲的身体、唱各种小曲儿的身体、妖娆浅笑的身体……她们和当前作为艺术的人体在她内心引起某种强烈的情感冲撞，这些情感缠绕着她，在她内心发酵，她必须把它们画出来，用艺术形式表达出这些情感。

正如她自己所说："我必须画画，就像溺水的人必须挣扎！"

但她的这种人体觉醒意识，与当时旧中国的保守是水火不容的，是禁区。

于是在校长刘海粟和爱人潘赞化的帮助下，她离开了中国，去了欧洲，先后在法国里昂中法大学、巴黎国立美术学院与罗马国立美术学院求学。

可在她欧洲求学八年之后回到国内，她的裸画却依然没能得到国人的理解与尊重。

当时的政局动荡，她靠办义展卖画以供军费支持抗日。对于这一颗赤子之心，人们却不领情。

在一次画展上她展出油画《人力壮士》，画中一个裸体的中国大力士，双手搬掉一块压着小花小草的巨石，以表达她对战场将士们的敬重。但这幅画却被人写上了：妓女对嫖客的颂歌。

她介意吗？

她当然是介意的，潘玉良说过一句令人印象深刻的话：

"在巴黎，陶瓷是艺术品。陶瓷虽美，但在它的故地上，人们永远忘不了它是泥胎。"

05

在法国求学时，潘玉良有三不原则：

1. 不谈恋爱；

2. 不加入外国国籍；

3. 不签约画廊。

不恋爱，因为一生有潘赞化足矣；不加入外国国籍，因为故土在潘赞化身边；不签约画廊，因为要坚持自己艺术的独立与人格独立。

然而，也因为这三点，让她不能以法国国民的身份取得法国政府的补贴，让她没有固定收入，生活拮据，困难重重。

最初，她在巴黎学习的钱都是潘赞化寄给她的。后来，他自身陷入经济危机，无钱寄给她了。

潘玉良便画饼充饥，在精神食粮里过日子。她常饿着肚子上课，走路都会摇摇晃晃，甚至晕倒。同学们同情她的困境，她自己却不以为意，沉浸在成长的快乐里。

“我在卧室画素描，常常一画就到天亮，地板上、墙上，全贴满了我的画，屋子里连下脚的地方都没有。有一次，四个月没有收到家信和补贴。我饿着肚子画罗马的斗兽场、画威尼斯宫，我觉得很快乐，我从来没有那么快乐地找到自己。”

她用成长丈量岁月，岁月也回报她以成长赞誉。

1927 年参加意大利美术展览获奖，成为第一个获此殊荣的华人，获得的五千里拉解了她生活上的燃眉之急。

1929 年，潘玉良学成归国办画展期间，报纸报道说徐悲鸿为一睹而快，夜闯展厅，没人开门，就从边门的书架钻过去。

徐悲鸿说：“当时的中国画坛，能够称得上画家的人不过三人，其中一个就是潘玉良。”

苏雪林说:“潘玉良‘成就在当时中国所有西画家之上’。”

1937 年，潘玉良为参加在法国巴黎举办的万国博览会，再次赴欧。她没有想到的是，这一分别，与潘赞化竟是生离死别。

此后，潘玉良就一直客居巴黎达四十多年，把精力都放在了绘画上，将绘画技艺锻造得炉火纯青。

她留给世人两千多件艺术作品，在美国、英国、意大利、比利时、卢森堡等国举办过个人画展，曾荣获法国金像奖、比利时金质奖章和银盾奖、意大利罗马国际艺术金盾奖等二十多个奖项。

潘玉良创造了艺术的传奇，被后人给予了“一代画魂”的美誉。

1960 年，潘玉良成为中国第一个进入罗浮宫的画家。

可是岁月也在差不多时间，带走了她生命中最重要的人——潘赞化。

边塞峡江三更月，扬子江头万里心。

潘玉良用写诗和作画，抒发着她的思乡之心。可是，爱人已经不在，再回故土也只剩枉然。

1977 年，她长眠于法国，墓碑上刻着“世界艺术家潘玉良”，至死她都未再踏回祖国的土地。

据说在她的枕头下面，总是留有一张字条，下面写着：

“这是我的家信，如果我死了，烦朋友们将这封信寄给小孙潘忠玉留作纪念。中国，安庆市，郭家桥 41 号。”

潘玉良的一生，是展现人格魅力的一生。她敢于反叛，不随波逐流，铮铮傲骨于世，历经风霜，却岿然不改我心。

她的一生验证了这句话：“所有的女人，终有栖息之地，不是他人，唯有自己。”命运一开局就让她成为最下等的妓女，而她却用尽一生，摧枯拉朽，重塑了人生，活出了自己的价值。

●

×

吕碧城：

一人相处，不曾孤独

——女人就是要既能貌美如花，又能挣钱养家

她是民国第一女神，总统秘书，上海滩巨富，美貌绝伦却遁入空门……

1904 年，塘沽火车站，一个姑娘脚步匆匆地奔上了前往天津的火车。

虽然身无分文，心有忐忑，但这一位出走的娜拉却毫不畏惧未知的将来，她满脸倔强，目光坚定，一颗心早已飞到了目的地天津。

本是为了抗议舅舅的责骂负气而走，没想到却走出了一番旖旎且绽放光芒的路。

她那时候哪里知道，再过几个月，她将成为天津城里的“网红”。她也不知道，她逞一时之勇的离家出走，造就了她后来与秋瑾被并称为“女子双侠”的声名。

她更加不知道，一年后，她会成为中国第一位女编辑；四年后，她将成为中国第一位女校长。

中国出走的娜拉很多，能够走出冲天美人路的却少之又少，吕碧城算一个。

蒙田说：“人要有三个头脑，天生的一个头脑，从书中得来的一个头脑，从生活中得来的一个头脑。”

显然，这一次出走，让她的第三个头脑迅速扩容成长，从而成为二十世纪初，中国文坛，甚至整个社交界的超级实力网红。

一时间，“绛帷独拥人争羡，到处咸推吕碧城”。

01

回想一下，人生 5 岁时，大概是什么样子呢？

5 岁时，可能正嚷着让爸爸妈妈讲故事，也可能是刚学会了几首唐诗。

5 岁的吕碧城不但能读能诵，还能对对联，她的父亲吕凤岐吟了一句“春风吹杨柳”，她对了一句十分工整的“秋雨打梧桐”。

小荷初露尖尖角，早有才华立上头。

出生于进士之家的吕碧城，天生有一个聪慧的头脑，她才华卓绝，与两个姐姐一起并称“淮南三吕”。

又因为家中藏书万卷，她自小就博览群书，书让大脑突破能量边际，让能量变得流动起来，于是越发聪慧，7 岁会画山水，12 岁便会作词。时人赞她：“自幼即有才藻名，工诗文，善丹青，能治印，并娴音律，词尤著称于世，每有词作问世，远近争相传诵。”

天生的一个头脑，从书中得来的一个头脑，命运似乎觉得还不够，硬要再赠送她一个从生活中得来的头脑。

于是，12 岁那年，命运将她推入生活的深渊。然而，她的生活第一课似乎不是挣扎，而是本色出演。

12 岁那年，吕碧城父亲因病去世。

吕父刚走，族人便以其无后继承财产为名，巧取豪夺，霸占吕家财产。吕碧城母亲只生了四女，并无男子，母女几人顿时陷入危险处境。

这一变故让母亲和姐妹们都惊慌失措，恐惧不已。

12 岁的吕碧城却似吃了熊心豹子胆，勇敢去推成人大门，她沉着、淡定，戴上盔甲，绝境逼迫她迅速长出羽翼，勇闯成人江湖，她四处奔走，并给父亲的朋友、学生一一写信求助。

她知道，若不是将此事放大，搅成轩然大波，然后借助社会力量去惩恶除奸，就凭几个妇孺的力量，根本就扳不回这一局。

此事最终被闹得沸沸扬扬，吕碧城以文字为钢牙，以她那与生俱来的“一腔豪兴”当武器，最终将家事闹成了社会事件。一时间，安徽的各级政府都受到压力，官员们不敢怠慢，吕母安然度险。

这个家，仿佛只要有她在，人心就能安定下来。12 岁的姑娘，似乎天然就有这种剽悍江湖的镇场气势，就如 12 岁那年她写下的诗：

绿蚁浮春，玉龙回雪，谁识隐娘微旨？夜雨谈兵，秋风说剑梦绕专诸旧里。把无限忧时恨，都消洒樽里。群认取，试披图英姿凛凛，正铁花冷射脸霞新腻。漫把木兰花，错认作等闲红紫。辽海功名，恨不到青闺儿女，剩一腔豪兴，写入丹青闲寄。

据说，有着“才子”美誉的樊增祥，读罢此诗后拍案惊绝，断不信这年方十二之少女竟能写出如此荡气回肠之诗作来。

这是她的才情，也是她的性情写照，更是她未来特立独行的人生的缩影。

02

一波刚平，一波又起。

吕碧城的护家之举一时被传为佳话，虽然家产被族人盘剥后大大缩水，但能借助社会力量解除家庭危机，这就十分了得。人人都说这姑娘勇敢且聪慧、强劲又果断，未来肯定能成大事。

这事一传十，十传百，便传到了吕碧城未来公婆的耳里。

吕碧城 10 岁那年，与同乡汪家定亲。

本来，吕父去世以后，汪家就嫌弃她家道衰落，吕小姐此番“大动干戈”后，汪家更是认为她太过能干泼辣，小小年纪居然能呼风唤雨，嫁进家门肯定是不守妇道的“泼妇”，于是就提出了退婚要求。

那个时候被退婚，是一件十分羞辱门庭的事。

你看，比吕碧城晚二十多年退婚的萧红，就被其未婚夫汪某的家族视为眼中钉，是让家族蒙羞的害人精，以至于后来汪某的家兄屡屡阻止回头找胞弟的萧红，并不惜将其弟逐出家门。

所以，可以想见，吕碧城当时在乡亲父老眼中的形象与名节。她能反叛有形的欺压，可是却抵挡不了无形的诋毁。

当然，她自己是不在乎退婚的，她也不在乎别人的眼光，就如张爱玲后来所写：“中国人不太赞成太触目的女人，早在万马齐暗究可哀的满清，却有一位才女高调彩衣大触世目。便是吕碧城。”

然而，她的母亲，她的家人在乎。

经济困难，再加上流言蜚语，不得已，吕夫人携带女儿投奔兄弟严朗轩。于是，吕碧城便随母来到了舅舅所在之地塘沽。

对于爱折腾的吕碧城来说，塘沽是一个更得风气之先的地方，是她跃身“大展宏图”前蓄能的更大天地。

她在塘沽生活了七年，思维、格局都更外化，也更向往外面的广阔天地。

当一个人意识到她可以翱翔于更广阔的天地时，她总会想办法挣脱捆绑她的土地。

导火索是舅舅的指责与约束。

1904 年，舅舅官署中方秘书的太太要到天津去。吕碧城希望同她一起去天津，然后在女校读书。

这个标新立异的想法遭到了舅舅的严厉斥责，舅舅说她喜欢求新求变，不遵守妇女本分，不守妇道。

这些话让她意识到舅舅思想的局限性，愤然之下，她决定只身坐火车去天津。于是，发生了文前开篇的“出逃”，没有娜拉的箱子，没有买车票，她靠逃票上了火车。

03

新旅程的起点始于贵人运。

若不是在车上遇到天津“佛照楼”旅馆的老板娘，吕碧城在天津的第一晚难免露宿街头。她能说能撩，让老板娘对她一见如故，心甘情愿掏钱给她买了车票；她胆大包天，居然跟着这个初次见面的老板娘走；她运气极好，这个老板娘不是什么坏人，而是一位惜才的善良人。

当然，天助自助者。

吕碧城的思路是极其清晰的，目标也是极其明确的，她知道自己要什么，也知道自己应该做什么。

到天津后，她托老板娘四处打听方秘书太太的消息，知其所在处后，她便给住在《大公报》馆的方太太写信。而这封信恰巧被《大公报》的英敛之看到。

吕碧城字里行间流露的才情以及她那一笔飘逸的字让她披上了“千里马”的光辉。而英敛之是一个勇于识别千里马的伯乐。当晚，他就和妻子拜访了这位才华横溢的年轻女子。

那晚，因为相谈甚欢，吕碧城兴之所起挥毫写了一首《满江红》：

晦暗神州，欣曙光一线遥射，问何人，女权高唱，若安达克？雪浪千寻悲业海，风潮廿纪看东亚。听青闺挥涕发狂言，君休讶。

幽与闭，长如夜。羁与绊，无休歇。叩帝阍不见，愤怀难泻。遍地离魂招未得，一腔热血无从洒。叹蛙居井底原频违，情空惹。

这首诗犹如现在的刷屏爆文，让吕碧城走红。当下，英敛之就成了她的忠实粉丝，邀请她做《大公报》的编辑，并不断地提携她，扶助她开创出自己的事业天地。

她长得极美，又有才，铁杆粉丝英敛之对她自然也是十分爱慕，只是因为他已有家室，这段情只能以理智收场。

但正因为英敛之的提携，她才成为了中国传媒史上第一个女编辑、女撰稿人，留名史册。

04

曹雪芹曾在《红楼梦》里借探春之口说道："我但凡是个男人，可走得出去，我早走了，立出一番事业来，那时自有一番道理。"

曹公当年以为只有男人才能做到的事，吕碧城做到了，她办学校、从政、经商，都做到了游刃有余。

吕碧城的人生转折点还是从《大公报》开始。她的思想似鱼，而《大公报》如思想水潭，鱼得到水后，一切都变得欢腾起来。她或激扬文字，或婉约论述她的女权思想。一时间，才华尽显，名满天下，圈粉无数，连袁世凯之子袁克文、李鸿章之侄李经羲、著名诗人樊增祥等，都是她的粉丝。

英敛之称赞她："极淋漓慷慨之致，夫女中豪杰也。"

诗人樊增祥说她："天然眉目含英气，到处湖山养灵性，十三娘与五双女，知是诗仙是剑仙。"

她一边混圈子，一边刷文。

在社交圈，她是名副其实的 Party Queen。

在文艺圈，她是实至名归的大才女。

她一边在男人们的江山里从容游走、谈笑自如，一边以笔为箭矢，将女权思想一发发射出江湖，然后借助他们的力量扩大传播之。

吕碧城才名远播。机遇也一次次来临，而她也总能凭实力打开人生新局面。

当时，袁世凯任直隶总督，命幕僚傅增湘在天津兴办女子学堂。

傅增湘向他举荐了吕碧城。于是，吕碧城成为北洋女子师范学堂的监督，一待就是七八年，后提任校长，成了中国教育史上的第一位女校长。

吕碧城在办女学的事情上，有着超乎常人的远见和眼光。当时，傅增湘希望把女子学堂办成贵族学校，只接收出身上流社会的女生，培养未来的贤妻良母。

吕碧城据理力争，坚持将女学平民化，大力呼吁教育的普及和平等。这些办学思想的迥异，带来了争执与分歧。

她极有主见，想好的事，从来不会轻易改主意。当然，她是有能力坚持自己的主张的，也有才华碾压困难。

最终，北洋女子公学仍然为名副其实的贵族女子学校。为此，她特地开办了天津公立女学堂，专门招收贫困家庭的学生，向贫穷的人们，敞开教育的大门。

吕碧城在办学上的成绩有目共睹，她既善于吸取新知识、新思想，形成自己系统的教育理念，又具备很强的活动能力和管理能力，深得袁世凯的赏识。

四年之后，民国建立，她成为总统府机要秘书，成功跨界到政治领域。

不过，她无心政治，之所以愿意为袁世凯服务，是因为办学的时候，袁世凯曾帮助过她。但当袁世凯称帝后，她选择离职远离，任凭当局如何请求邀约，都不再重返政界。

然而，尽管如此，原来那个文艺圈子已经不待见她了。

别人不给她戴王冠，她就依靠自己的实力给自己戴了王冠。

辞职后，她去上海经商，利用曾经在各领域积累的资源，很快就成为“十里洋场”上最成功的女商人，可谓腰缠万贯，将自己经营成了豪门。

那个时候的女子，地位极低。而吕碧城经济独立，内心强大，她知道自己应该选择什么样的生活，也懂得如何取悦自己。

她隐居上海时，家中富丽堂皇，她像个女王一样，穿梭在自己的奢华宫殿里。

去美国旅行，租住最豪华的酒店，一住就是半年。

她游历世界，去美国哥伦比亚大学攻读文学与美术，她把在国外的见闻写成游记《欧美漫游录》，先后在北京和上海的报纸上连载。

……

她的人生是动态前进的，她并不留恋某个固定的人或地点，而是选择用自己喜欢的方式度过一生。

不活在名声中，不留恋固定的人或地点的人，才能活得恣意妄为与淋漓尽致。

05

吕碧城和秋瑾并称为民国“女子双侠”。

实际，她和秋瑾的风格却截然不同。

同是争取妇女地位，秋瑾主张革命，吕碧城主张教育；秋瑾主张他救，吕碧城主张自救；秋瑾爱着男装，且常模仿男子的行为，吕碧城爱女装，并大方展示女性独特的魅力。

柯勒律说：“伟大的脑子是雌雄同体的。”

对于吕碧城来说，她并不想将自己变成男人，而是以独立铿锵的姿态，用双性思维闯荡江湖。这使得她的行为女性化，思维男性化。

行为女性化，首先表现在爱美上面。

她喜欢漂亮新潮的衣服装饰，每次出门赴宴，都会穿上不同的华衣，活色生香。

她喜欢跳舞，也教人跳舞，在舞池中摇曳生姿。

吕碧城有一张照片，照片中的她装扮前卫，头戴翠羽，身穿黑纱裙，腰际以下镶满孔雀翎，犹如华丽女王，摇曳着长长的孔雀羽毛。

她如此爱美，常常用女性的细腻思维把自己装扮得美丽动人，因此常常登上时尚杂志的封面。

苏雪林曾说，自己从某杂志上剪下她的一幅玉照，轻薄的舞裳，胸前和腰以下全绣着孔雀翎，她称赞吕碧城美若天仙。

然而，英敛之却看不惯她这种装扮，他在《大公报》上撰文说，这种穿着不东不西，不中不外，打扮妖艳，不耐看。

到底带着男性居高临下的视角，当“有思想的才女”变成脱缰的野马时，他们 Hold 不住了，便又是批判又是讽刺。

可她是又美又强大的吕碧城啊，她立即在《津报》上发表文章，反唇相讥。洋洋千字，辩得英敛之哑口无言。

在那个男权至上的时代，这样一个有思想的“妖艳贱货”，又有什么样的男人能 Hold 住呢。

其实她要求不算高，就如当下文艺女青年的择偶观：“我之目的不在资产及门第，而在于文学上之地位。因此难得相当伴侣，东不成，西不合，有失机缘。幸而手边略有积蓄，不愁衣食，只有以文学自娱耳！”

简而言之，她不在乎有没有钱，也不在乎有没有家业，唯一的要求是：精神上需要契合。

可这唯一的要求，却往往是最难得的。

终其一生，她拒绝了许多世俗意义上的“金龟婿”，包括总统之子。

不凑合，不将就。

对于颇有才名，模样又俊俏的袁克文，她说：“袁属公子哥儿，只许在欢场中偎红依翠耳。”

妻妾成群的袁克文，自然是被她排除的。

那么，就没有能入她眼的男人吗？也是有的，只是遇到的时间不对，她说：“生平可称心的男人不多，梁启超早有家室，汪荣宝人不错，也已结婚。”

对于男人，她要的不是填补空虚，因为她不空虚，她有自己热爱的事业，有独立的经济基础，有自己的交际圈。她需要一个能在茫茫人海中听懂彼此心意的灵魂契合者。

宁缺毋滥，绝不将就，她的硬气和骄傲，让她在剩女这条路上越走越远，成了真正的“黄金剩女”。

又因为她太瞩目，她写文，作词，从政，经商，留洋，事必成功，都为业之翘楚。

满身光华，她这一剩，便剩成了“珠穆朗玛峰”式的里程碑人物。

06

5 岁吟诗，12 岁作词；21 岁成为中国第一位女编辑；25 岁成为中国第一位女校长；29 岁，被聘为总统府秘书。

以文辞彰显于世，以才华惊艳时代，她优雅独步、叱咤风云于文学、政治二界。

这段话概括了吕碧城的前半生。后半生，她却选择与青灯古佛相伴。

47 岁时，吕碧城选择正式出家为尼，法号宝莲。

弱水三千里沉浮过后，她选择把一身缁衣、红尘放下；从此世间再无吕碧城，宝莲法师向我们翩翩走来。

粗茶淡饭，写下了大量参禅论佛的诗词。

1943 年，吕碧城写下了最后一首诗：

护首探花亦可哀，平生功绩忍重埋。
匆匆说法谈经后，我到人间只此回。

1943 年 1 月 24 日，六十一岁的吕碧城病逝于香港。

她将全部财产二十余万港元布施于佛寺并留下遗嘱：“遗体火化，把骨灰和入面粉为小丸，抛入海中，供鱼吞食。”

连人生的收梢都这么干脆利落、特立独行。

这就是吕碧城。她的一辈子，明明见证了时代的烽烟，明明捕捉到了时代的浪潮，可又始终活在自己的节奏里。

大清灭亡了，她还是她；北洋政府垮台了，她还是她。

如今，跨越历史的长河，她还是她，还是那个穿孔雀服穿出女王范儿、写词写出“李清照”范儿、当校长当出“女权先锋”范儿，就连当剩女也要剩成“珠穆朗玛峰”的吕碧城。

最高级的剩，就是站在岁月长河里看，还是那么熠熠生辉，还是那么空前绝后。

停留是刹那，转身即天涯

张爱玲：

——也孤独，也灿烂

张爱玲有句名言：“生在这世上，没有一样感情不是千疮百孔的。”这句话既可以针对原生家庭亲子关系，又可以是爱情世界恋人之间的感情。

但“感情”再千疮百孔，人们还是飞蛾扑火般去爱，恰恰就像张爱玲自己所说，“不爱是一生的遗憾，爱是一生的磨难”。

01

对于张爱玲来说，感情里最早的千疮百孔，始于原生家庭。

每个人出生时，手里都握有一副牌。这副牌便是父母所给的原生家庭。

张爱玲一出生，就处于金字塔尖：

她的祖父是清末名臣张佩纶，祖母是朝廷重臣李鸿章的长女李菊耦，外祖父是首任长江水师提督黄翼升，大伯是第一个捍卫中国南海主权的张人骏。

只是，这个名门大家庭就如《红楼梦》里的大观园，正走向没落。

父亲思想守旧，吸食鸦片，母亲思想虽然开化，却也只是自救，舍弃一双儿女自己远走高飞去了。

张爱玲 4 岁时，母亲黄逸梵出走欧洲，从此她和弟弟在父亲的大烟迷雾里熬日子。

10 岁那年，父母彻底离婚，父亲再娶，她与继母不合，为此还被父亲暴打一顿并关在黑屋子里一个多月，生病时父亲不管她，害她险些丧命。

“我觉得我的头偏到这一边，又偏到那一边，无数次，耳朵也震聋了。我坐在地下，躺在地下了，他还揪住我的头发一阵踢。”

“我父亲扬言说要用手枪打死我。被监禁在空房里，我生在里面的这座房屋，忽然变成生疏的了，像月光地下的，黑影中显出清白的粉墙，片面的，癫狂的。”

父女关系的分崩离析便发生在这一刻，她的冷漠与冷酷个性源头最早在此。

在家佣的帮助下，张爱玲逃到母亲那儿，得以脱险。母亲在幼小的张爱玲心目中，曾经代表着美好。

她记得母亲立在镜子前，在绿短袄上别上翡翠胸针；她记得母亲读老舍的《二马》时，笑得十分开怀。

她渴望变成母亲这样的女人："8 岁我要梳爱司头，10 岁我要穿高跟鞋，16 岁我可以吃粽子汤团，吃一切难以消化的东西。"

那个时候的张爱玲，是爱母亲的，是很想把对母亲的爱分享给别人的："我一直是用一种罗曼蒂克的爱来爱着我母亲的。她是个美丽的女人，而且我很少有机会和她接触，我 4 岁时她就出洋去了，几次回来了又走了。"

她曾写信给小伙伴，把见到母亲的喜悦写了满满三张信纸。

只可惜，两人间的母女情分，渐渐消磨在两人相处时一地鸡毛的现实生活里。

作为单身母亲，黄逸梵对女儿有很多期待，她甚至规划出"女儿的名媛养成计划"，她以每小时五美元的报酬替女儿聘请家教，还教张爱玲练习走路的姿势，看人的眼色，照镜子研究面部神态。

张爱玲也很努力地迎合母亲的种种要求，虽然日子过得艰辛，但她也坚持往前走，汲取母亲能给的养分，借助母亲的世界，她的视野得以打开。

然而，期望越多，失望越大。

尽管母亲期待的种种，张爱玲都很努力地去做，但她依然表现得一塌糊涂："我发现我不会削苹果，经过艰苦的努力我才学会补袜子……在一间房里住了两年，问我电铃在哪儿我还茫然……”

女儿“愚鲁”，母亲焦虑，两人又都不擅长沟通，母女关系便渐渐走向了无法修复。

站在黄逸梵的角度，单亲母亲，无工作，无收入来源，全凭变卖古董养活母女俩，这已然不容易。一方面，做母亲的坚持花钱培养女儿，希望能给女儿插上一对飞翔的翅膀；另一方面，她又是极其自我的，这种自我超越了对女儿的爱，女儿不能让她自己的生活受到影响。

女儿一次次找她要钱，但又一次次让她“失望”，“付出感”让她变得越来越急躁，“一地鸡毛的现实”让她变得歇斯底里，甚至是情绪失控，她冲女儿咆哮，三番五次说“我真后悔为你花那么多钱”，甚至说出“我懊悔从前小心看护你的伤寒症，我宁愿看你死，不愿看你活着使你自己处处受痛苦”之类的话。

在母亲的责难面前，张爱玲一时不知道自己该如何自处：“看得出我母亲为我牺牲很多，而且一直在怀疑我是否值得这些牺牲。我也怀疑着。”

但她仍费尽心思去讨她欢心。

她发奋学习，希望用漂亮的成绩单来取悦母亲，她做到了，几乎每学期都门门功课考第一。

因为优秀，张爱玲得到了一位英国教授的赏识，给了她八百港币的奖学金。

张爱玲兴高采烈地去和母亲分享快乐，然而，母亲竟把这笔奖金拿去打麻将，输得分文不剩，也彻底输掉了早已余额不多的母女情分。

后来，张爱玲一挣到稿费就攒起来，然后换成金条还给母亲，说："那时候为我花了那么些钱，我一直心里过意不去，这是我还你的。"

还钱只是仪式感，在张爱玲的内心，一起还掉的还有母亲对她又打又骂的"母爱之情"。

1957 年，黄逸梵感觉自己将不久于人世，写信给张爱玲提出："我现在唯一的愿望就是见你一面。"

不知道是出于经济上的窘迫，还是主观的不愿意，张爱玲并没有去看母亲，只是寄了一张一百美金的支票给她。

她的这种做法令世人唏嘘，毕竟是血浓于水的母女情，要有多冷酷，才能拒绝一位老人的临终遗愿？

可是，就如她在《倾城之恋》中所说："如果你认识过去的我，就会原谅现在的我。"

事实上，有些感情早已是融入血液里，哪会轻易"放"得一干二净，即使是张爱玲也未能幸免。

张爱玲晚年时，拜访她的人发现她常面壁喃喃自语，禁不住问："您需要帮助吗？"

"请您理解，我在与我的妈妈说话呢。来日，我一定会去找她赔罪，请她为我留一条门缝！"

哎，一语道尽，这千疮百孔欲求不得的亲情。

02

杜拉斯写过一句情话：比起你年轻时的容颜，我更爱你现在备受摧残的容颜。

这句红遍大江南北的情话，十分精准地概括出了张爱玲的最后一段感情。

遇到作家赖雅，并与之结婚那年，她 36 岁，赖雅 65 岁。在别人看来，赖雅不过是一个百病缠身，且每月靠着五十二美元的社会福利金维持生计的美国老头儿。

甲之砒霜，乙之蜜糖。

在张爱玲看来，赖雅是一个多才且懂她的知己，他能和她聊文学，聊文化，聊人生，聊阅历……能有聊不完的话，这不就是幸福婚姻的根基吗？

她在给朋友朱西宁的信中说："我结婚本来不是为了生活，也不是为了寂寞，不过是单纯的喜欢他这人。"

她知道真正的爱恋是什么样子的：

"时间变得悠长，无穷无尽，是个金色的沙漠，浩浩荡荡一无所有，只有嘹亮的音乐，过去未来重门洞开，永生大概只能是这样。这一段时间与生命里无论什么别的事都不一样，因此与任何别的事都不相干。她不过陪他多走一段路。在金色梦的河上划船，随时可以上岸。"

然而，1967 年，赖雅去世后，她没有选择上岸，而是在以后的流年里一直以赖雅夫人自居。

在她的几段感情里，无论是二十几岁，还是三十几岁，张爱玲都是一如既往的坚持守护自己的心意：什么成人世界的爱情规则，她都 Say NO！

现实世界里，她将她的自我沉沦发挥到了极致，当太多的人活得面目全非时，她仍活得那么鲜明，爱就爱了，不爱就不爱了。

03

女人这一生，都有三次出生的机会。

第一次，是母亲给的机会，借由母亲的身体，来到这个世界；第二次，是婚姻给的机会，借由婚姻的力量，重构这个世界；第三次，是自己给的，与自己和解，遵照自己的心意而活。

即使出生在名门望族，即使原生家庭给她的人生起了一定的“托底”作用，张爱玲的人生仍是困境重重。

这个困境有时代赋予的，有家庭赋予的，也有个人性格所造就的困境。

就个人性格来说，张爱玲是典型的内向型人格者，她不喜欢也不善于与人交往，在《天才梦》里，她写道：“在没有人与人交接的场合，我充满了生命的欢悦。”

心理学家说：内向人的大脑偏向节能神经系统运作，所以比起出去与人社交，阅读、深入思考，沉浸在自己的内心世界里更让内向的人感到满足。

原生家庭给不了她出路，婚姻也未能让她重建自我，孤傲如她，当然不会轻易开口向人求助，所以她能做的就是抓住第三个机会——与自己和解，做自己的原生家庭，遵照自己的心意而活。

她选择与自己讲和，接纳自我，哪怕这个自我在别人看来是不近人情的，是荒凉的，是冷酷的，她也不在乎。

当时代制造出更大的困境，日军侵华的炮火阻断了她去英国伦敦求学的行程时，她接受现实，退而求其次转入香港大学念书。

她对现实有十分清醒的认知：“个人即使等得及，但时代是仓促的，已经在破坏中，还有更大的破坏要来。”

果然，大三那年，战火蔓延，香港沦陷，香港大学亦停办。即便如此，她还是努力去解决问题，她计划转入上海圣约翰大学完成学业，便写信向欧洲的母亲求助，母亲没有寄钱，却劝她嫁人。

求助母亲无望，她只好指望自己多挣钱。这或许也是她那么爱钱的原因，她也不屑于流露出她爱钱的个性：“对于我，钱就是钱，可以买到各种我所要的东西……一学会了‘拜金主义’这名词，我就坚持我是拜金主义者。”

赖雅第一次和张爱玲谈起写作的目的，张爱玲很无奈地说："我为了钱写作啊！"

她活得特别真实，所以她高喊出那句名言："出名要趁早！"

为什么出名要趁早？

出名早，才能利用流量更好地挣钱，才能走出父母的世界里，才能走向更自我的人生。

她很幸运地出了名，她虽借着名气笔耕不辍努力挣钱，但始终远远地躲避人群，因为她明白：在这几多纷扰与不堪的人间，哪有持续的爆红呢？

就如她在《倾城之恋》里写道："生、死与离别，都是大事，不由我们支配的。比起外界的力量，我们人是多么小，多么小！可是我们偏要说：'我永远和你在一起，我们一生一世都别离开。'——好像我们做得了主似的。"

是的，能不能爆红，我们做不了主；爆红多久，我们也做不了主。可即便我们做不了命运的主，却依然可以做自己的主，像张爱玲那样不被世道裹挟，不被人言击垮，有道是，满目山河空念远，身后事任凭雨打风吹。

●

×

打不死我的，终究让我更坚强

张幼仪：

——坏婚姻是所好学校

01

很多年以后，张幼仪还能回忆起在柏林的那个下午，整座城市飘着蒙蒙细雨，天空乌云密布。

那时候，她刚生完孩子不久，身心疲惫。

徐志摩急匆匆而来，不过，他不是为了看她和孩子而来，而是为了逼她离婚。

他没能注意到她生孩子的疲惫，而是开门见山地逼着她签离婚协议书，因为“林徽因马上要回国了！快点签！不然来不及了”。

这话让张幼仪彻底死了心，一个让她打胎的男人，一个将怀孕的她弃于人生地不熟之地而不顾的男人，一个身心都不在了的男人，留他何用，不如放他而去。

签字的时候，她很平静，但写下“仪”字最后一笔时，她脑海里闪现尚在襁褓中的孩子，她不禁泪盈于睫。但放下笔时，理性的她已经整理好了自己的情绪，如此克制隐忍，或许这是她与浪漫潇洒的徐志摩不能相守的根本原因。

她拒绝了协议书上讲定的五千元赡养费，幽然地说道：“你去给自己找个更好的太太吧！”

张幼仪说自己就像是一把“秋天的扇子”，只用来驱赶吸血的蚊子，当蚊子咬伤月亮的时候，主人将扇子撕了。

徐志摩回国后做了一件一鸣惊人的事儿——在 1922 年 11 月 8 日《新浙江》副刊《新朋友》的“离婚号”上，发表了中国第一宗西式离婚通告。

就这样，张幼仪成了中国历史上依据《民法》生效的第一桩西式文明离婚案的女主角。

不管是不是主动，她都成了民国史上第一个离婚的新时代女性。

婚是离了，孤儿寡母怎么活下去是摆在她面前的现实问题，她也一度想要带着孩子离开这个世界，但她的理性告诉她：身体发肤，受之父母，不敢毁伤，孝之始也。

孩子尚小，她需要养育他，但离婚后的她已经不甘心做一个家庭主妇了，她不想再做一个旁观生活的观众，而是要做生活的导演。

前半生，她一直都是别人生活里的观众，幼时是父母与哥哥弟弟们的观众，嫁人后是丈夫与公婆的观众。

现在，她要主导一回，为尚在襁褓的孩子，更为自己。

木心先生曾说：“先做生活的导演，不成。次之，做演员。再次之，做观众。”

离开了徐志摩的她，没有沦落为以泪洗面的“林妹妹”，而是成长为一个很好的生活导演，她思路清晰，善于规划与分配。

她知道自己要找工作养活自己和孩子，首先就需要自己有一技之长。

但自己不仅没有一技之长，甚至连语言都不通。

所以，首先要克服语言不通的难题，接着再学一技之长，之后就不愁找工作。

于是张幼仪找来一个保姆照看彼得，自己投入到紧张的德语学习中去，并考上了斐斯塔洛齐学院专攻幼儿教育。

在德国和徐志摩的离婚，成为张幼仪人生路上的分水岭，她开启了脱胎换骨般的蜕变，用她自己的话来说：她的一生分为“去德国前”和“去德国后”——“在去德国之前，我什么都怕，在德国之后，我无所畏惧。”

在德国五年，张幼仪如凤凰涅槃，离婚能左右她的人生轨迹，但却决定不了她的人生。去德国后的张幼仪，用徐志摩的话来说，是个有志气有胆量的女子，她现在真是什么都不怕。

的确如此，去德国之后的张幼仪似乎无所畏惧，她展现了她强大的适应力与抗挫折能力，即使在小儿子彼得因病去世之后，悲痛之中的张幼仪也并未放弃自己的学业。

达尔文曾在自传里说道：“在大自然的历史长河中，能够存活下来的物种，既不是那些最强壮的，也不是那些智力最高的，而是那些最能适应环境变化的。”

张幼仪无疑就是有着强大适应能力的人，她背负着沉重的离婚之悲与撕心的丧子之痛往前走，活出了一番自己的天地。

徐志摩曾在陆小曼吸食鸦片后，向张幼仪吐露心声，他说：“我是心往光明里走的，但是脚步却迈向了黑暗。不知道风往哪里吹，不知道生活接下来会怎么样。”

张幼仪说：“其实没有那么困难，就是学会认命吧，接受最坏的，看接下来还能再多坏，然后管他是风是雨，往前走就是了。”

在一波又一波的风雨里，她翻过了黑暗的山丘，完成了自己的角色认知变换。管他是风是雨，往前走就是了。这大概是她离婚后走向新生的第一原则。

02

小儿子彼得夭折后，张幼仪选择了回国。回国后的张幼仪，抬头挺胸奔波在时光里。

她在东吴大学找到了回国后的第一份工作，德语教师。

教书的生活十分安逸，但也十分幸福。不过，当二哥向她伸出更富挑战的橄榄枝时，她还是选择了走出舒适区。

乍一听，这个橄榄枝很光鲜——上海女子商业储蓄银行请她出任该银行总裁。

她同意了，她知道这家女性职员居多的银行由于经营不善，借出去的外债大都是死账、坏账，如果没有大批资金投入，银行将面临倒闭。

但这是人生的战场，她想再试一试，就像救自己于水深火热中那样，救银行脱险。

她富有经商头脑，擅长需求分析，她考察一番后，做了以下规划：

一是，找准银行定位，她认为银行首先要做的是找好自己的定位，既然是女子商业储蓄银行，那么目标客户自然就是那些官家小姐以及太太们。

二是，找到“小姐太太们”的心智突破口，她想到自己在德国身无分文的窘迫。那时候，要不是有二哥相助，自己哪能轻易走出困境？可见，一个女人得有私房钱，这是拯救自己的武器。

三是，“换位”沟通，她以自己的经历去共情那些太太小姐们，又因为她性格上的理性端庄与沉稳大气，那些太太、小姐们都十分信任她，她们纷纷将首饰、余钱都存在上海女子商业储蓄银行。

四是，时刻把控全局，她兢兢业业、以身作则，她把办公室设在了银行大厅，对整个银行的状况一览无余，职员的工作效率也大大提高。她自己更是凡事亲力亲为，每天九点到办公室处理事务，一直到下午五点，风雨无阻。

渐渐地，危机也就解除了。她，让濒临倒闭的上海女子储蓄银行起死回生了，这成了金融界的奇迹。

从某种意义上来说，她身上那种以前被徐志摩百般不待见的“做人严肃”，努力追求上进的“无趣”，以及她的诚实守信和经营上的实力，让她有了很好的口碑，为她源源不断带来流量，越来越多的太太小姐们愿意将“私房钱”存在她这儿。

所以，即使在战时，女子储蓄银行也渡过了一道又一道难关，足以说明她的经商实力。

张幼仪在事业上展露的才华，为她招来了各种橄榄枝。

她选择再次接受哥哥以及他的朋友们的邀约，兼任云裳服装公司的总经理，这是中国第一家新式服装公司，张幼仪将她在德国所习得的西式服装设计细节融入中式旗袍设计里，改良了中式服装的样式，深受女性欢迎。

云想衣裳花想容，春风拂槛露华浓。

一时间，云裳服装公司的服装风靡沪上，这对于张幼仪来说，是对徐志摩说她“乡下土包子”最好的反击。

她十分富有经济头脑，她在商业领域的融会贯通，让她一气呵成，赢了十分漂亮的一场“战争”。

日子拨云见日了，她成为一个脚踏实地的实干家，遇到问题解决问题成为她每日的日常。

但工作再繁忙，她也没有放下学习提升。每天五点以后，是她的学习时间，为了节约时间，她请家教老师到办公室来给她补习国文。

而做人方面，她处事得体，并不因徐志摩的抛弃，而迁怒于徐家二老，而是对他们孝顺有加。

大概是因为她的得体、周到、端庄、孝顺，徐父甚至把海格路 125 号的园子送给张幼仪，保她衣食无忧。

另外，徐家二老待她犹如亲生女儿，将家产一分为三：儿子徐志摩和陆小曼一份，孙子徐积锴和张幼仪一份，老两口一份。

所以，离婚归国回来的张幼仪一点也不差钱。

但她依然选择冲锋在生活的前线，而不是只做一个在家育儿的母亲。

张幼仪有着天生强若男子般的承受力与理想，另一方面，她又将女战士的清爽与英气融入本身的气质里，所以离婚后转身商场的她，可谓活出了璀璨的光芒。

她的自我价值实现，也让徐志摩对她夸赞不已，他在写给陆小曼的信中，对她有了尊敬，“一个有志气，有胆量的女子，她这两年进步不少，独立的步子已经站得稳，思想确有通道。”

徐志摩还评价她：“她现在什么都不怕，将来准备丢几颗炸弹，惊惊鼠胆的社会，你们看着吧！”

但她依然安静低调，她认为云裳服装公司是“八弟和几个朋友合作的事业”，她只是在帮忙打理。

而对于在金融行业的华丽风光，她更是看得云淡风轻，当时的银行职员后来这样回忆她：“她就在我们营业厅办公，准时上下班，除接电话外，很少说话，总是专心看文件，有时听到她打电话时用德语。”

真正的卓然而立，必须是经历无数生活薄幸后的淡定绽放。这大概是张幼仪离婚后走向新生的第二原则。

03

1931 年 11 月 19 日，徐志摩乘飞机遇难。

那个名正言顺的遗孀陆小曼，哭得一头栽倒不省人事，一片混乱无人理。张幼仪派儿子徐积锴与八弟一起料理前夫的后事，后又亲自主持了徐志摩的葬礼。

从 15 岁嫁给徐志摩，到与之离婚，再到处理好他的葬礼，回顾这一场给她带来纷纷扰扰的婚姻，张幼仪告诉侄孙女张邦梅：“我要感谢徐志摩，我要感谢离婚，若不是离婚，我可能永远都没有办法找到我自己，在那样一个时代，也没有办法成长。他使我得以解脱，成为另外一个女人。”

这“另外”一个女人，是女巾帼，也是个女强人。

在徐志摩的侄儿徐炎眼中：张幼仪性格刚强，严于管束，大时尤甚，富于手段；很有主见，也很有主张，且相当主动。

不断丰富和了解着自己的张幼仪，在处理完前夫的葬礼，妥帖安排好徐家老人后，张幼仪继续在她的商场江湖里闯荡。

1934 年，张幼仪的二哥张君劢主持成立了国家社会党，她应邀管理该党财务；同时，张幼仪还很有经商理财的头脑，抗战爆发后她挖掘到战时需求，开始做军用染料的生意，后又炒作过风险更高的棉花和黄金，同样获利。

张幼仪在商场打拼上，的确很有男人气概，从不柔弱，但是对于个人感情生活，她的独立自主却欠那么一点火候。

1949 年后，张幼仪离开大陆，独身居住在香港。

邻居苏纪医生向她求婚，她的第一反应是先后写信给兄长以及在美国的长子，征求他们的意见。

在她看来：“因为我是个寡妇，理应听我儿子的话。”

直到儿子同意，她才与苏姓医生结婚。

晚年的张幼仪曾告诉张邦梅：“在中国，女人是一文不值的。她出生以后，得听父亲的话；结婚以后，得服从丈夫；守寡以后，又得顺着儿子。你瞧，女人就是这么不值钱。这是我要给你上的第一课，这样你才能真正了解一切。”

这或许是这个时代女人地位的一个缩影，但庆幸的是，张幼仪自有她的抗争之道，虽然她的突围方式很传统，但自始至终，她将自己的情绪、情感、事业以及人生管理得井井有条。

万事万物自有它的解决之道，比命运更能拉开人生差距的，是学会管理自己。这大概是张幼仪离婚后走向新生的第三原则。

04

1953 年张幼仪在香港与性情温和的苏姓中医结婚。

两人相扶二十年，苏医生病故后，张幼仪迁居美国，与爱子团聚，88 岁时在儿孙绕膝中安然故去。

去世时，墓碑上刻着的，是苏张幼仪。

回顾她这一生，除了离婚这段崎岖路，几乎样样出彩，她不浪漫，不撒娇，不妩媚，但用梁实秋的话来说："她沉默地、坚强地过她的岁月，她尽了她的责任，对丈夫的责任，对夫家的责任，对儿子的责任——凡是尽了责任的人，都值得尊重。"

不要让自己一世都周旋在爱与悲伤里

●

×

周旋：

——不要用别人的过错来惩罚自己

《国语·越语下》里说：“必顺天道，周旋无究。”

随际遇而活，不去周旋，则可一生顺遂？

而周旋呢？

她的一生，恰恰相反。

01

1934 年，16 岁的周璇参加了上海《大晚报》举办的“播音歌星竞选”比赛。

她以自己独特的演唱，获得第二名，又因为嗓音的独特性，获得“金嗓子”的称号，一时间风光无两，一夜之间在上海滩变得家喻户晓。

此后的周璇，星途一片坦荡，在歌唱、电影表演两个领域里的独特表现，更是让她在满是红浓绿翠的“十里洋场”持续爆红，用作家白先勇的话来说，就是“我的童年在上海度过，那时，上海滩到处都在播放周璇的歌，家家‘花好月圆’，户户‘凤凰于飞’……”

家家“花好月圆”，户户“凤凰于飞”，舞台上的周璇光芒四射，是被万人拥簇的甜心，而舞台下的她却满是辛酸泪，命运早早就将她拖入污泥浊水里。

周璇在3岁那年，被舅舅拐卖到了一户王姓人家换烟钱，改名王小红，后又被送给了上海的一家姓周的人家，更名周小红。

本出生于江苏常州一户苏姓知识分子家庭的女婴，就这样遭遇了人生第一个变故，生活过早地让她泡在了苦水里。

周姓养父吃喝嫖赌，还染上了毒瘾，缺钱时甚至一度把她卖到妓院当妓女，所幸养母及时搭救，才免去了这块取名苏璞的璞玉坠入泥淖。

虽然获养母挽救，但生活依然艰难：“日子越来越苦，往往饿着肚子呆呆地坐着，口水直往肚里咽，不敢说也不敢哭，否则养父会穷凶恶极地打我。”

可命运又是吊诡的：有时你以为走的是黄沙漫天的荒漠，已经心如死灰了，可是，忽然一股飓风后，你面前出现了绿洲。

12岁那年，一个偶然的机会，她用自己的歌声吸引到了人生路上的贵人——明月歌舞社的钢琴师张锦文，他介绍她加入了明月歌舞社。

她的养父最先看到这背后的利益，迫不及待地将她推入到了水深火热的演艺圈里。

在生存面前，她也选择了接受命运的恩赐。也是在这一年，她认识了严华，这个如兄如父大她十岁的男子。

他教她弹琴、识谱，教她说标准的普通话，鼓励她去参加“播音歌星竞选”比赛，看着她爆红走向更广阔的舞台。

出名，让她夺回了人生主动权。

她知道机会难得从天而降，自己要去争取做到最好，所以也更加努力。

歌一首接一首唱，《四季歌》《何日君再来》《花样年华》及《凤凰于飞》等脍炙人口的歌曲，彼时都深入人心。

除了唱歌，她同时也跨界到电影行业，如此拼命，一方面也是因为这种努力就有回报的灼热感，让她感觉到自己的存有价值。

影歌两栖，她迎来了最好的时光，16 岁的她，有名，有钱，有美丽样貌，拥有了选择自己想要的生活的底气。

出名，让她扳回了与命运决战的一个回合，让她拥有了人生主动权以及自我掌控权。

然而，她的性情又是极其似弱柳，从不懂得给自己预留一条退路，仍然是倾其所有去相信他人。

所以，在寻亲的路上，她还是选择了相信人品不好的养父。尽管养父一次又一次拿了钱又没见办事，但她还是不断地将自己大部分辛苦所挣的钱给了他。

或许是她太渴望见到自己的亲生父母了，以至于她大脑如婴孩，失去了判断能力；又或者是她明白自己受骗了，但却因不能放下而没有止损，让自己的经济能力大大受损。

走错了路，她没有选择回头，而是一错到底。

即使是在油锅里滚过，她也从未学会圆滑地计量与取舍，哪怕这是基本的生存之道。

不能总将童年缺少爱，作为自己如此迷糊与软弱的借口。毕竟，有时候，我们身后的那只翻云覆雨的手，不是命运，而是内心的清醒与笃定，是我们的认知框架，它会主导我们如何去抉择人生。

可惜的是，通过贵人以及自己的努力与天赋，周璇虽将自己从无光的人生里拉了出来，但她的心灵以及人生格局还停留在 12 岁之前。

她不明白的是，安全感是可以重建的，它藏匿于岁月的历练里，也栖身在不断对自我进行复盘以及愿意反省和领悟的头脑和襟怀里。

伤痛过后，她并没有去找方法构建自己行走江湖的盔甲，而是继续赤手企图在他人那里寻找所谓的“安全感”。

她这种行走人生江湖的思维模式，为她之后的人生埋下了一个悲伤的伏笔。

02

如果一个女人，只有美貌而匮乏安全感，而她偏偏又出名了的话，那对她或许是更大的灾难。

心理学家武志红说过：“爱情是童年的一次轮回。如果一个人的童年，是在充满爱的、健康而和谐的家庭环境中度过，则在未来的情感中，这个人多半会拥有健康地去爱别人的能力，反之亦然。”

始终生活在缺爱的环境中的周璇，自然不肯轻易放弃任何一个被人爱的机会。

从 12 岁开始，严华就一直陪伴在周璇身边。他成熟稳重思虑周全，对生活和事业有一种笃定的掌控感，这无疑给飘零的周璇一种“避风港”的安定感。

对于处在豆蔻年华的周璇来说，严华是智者，她从他这儿获得了专业上的指引与提升，她的眼界与见识通过他得以打开，也正是如此，使得周璇奉严华为自己的偶像，用拼命加天赋去力争上游。

严华给周璇的依赖感，填补了她心中缺失的父爱。他才华横溢对她呵护有加，他心思缜密温柔体贴，这种近乎父亲般的爱，让她的心得以停泊。她以为他是可以托付终身的良人，在日记里诉说着自己对他的种种依恋。

她看他以仰视视角，依恋他，崇拜他，不知不觉离不开他。所以，当周璇得知严华因事业要离开她一年时，她慌了。一直以来，他都是她心灵的停泊港口，是她的靠山，他走了，她该如何自处，该如何面对娱乐圈这些纷杂的事务？

她的第一想法是，留住严华，不让他走，或者退而求其次，留住他的心。她做到了，她把一本写满了对他深情告白的日记，交给了严华，成功留住了严华的心。

一年后，严华结束巡演，迫不及待回到上海，与周璇结婚。

然而，世界上有一件非常复杂的事，叫婚姻。因为它极其复杂，没有既定幸福的标准化与科学设置的程序化，因而公主与王子的故事便止于：从此，他们幸福地生活在一起了。

周璇不是公主，至少她并没有把自己视为公主，而严华也不是王子，他是一个父母早逝，自己很早就出来独立闯江湖的孤独者，是一个在苦里扑腾出来的严肃者。

从某种程度上来说，婚前严华与周璇的关系，是“养成关系”，他利用自己的一切才华与资源去帮助周璇飞速提升，以期待将她养成他心目中的“完美女友”。

婚后呢，他又想将她养成他心目中的“完美妻子”，他希望她有事业，但又不能容忍她超越他。

而她呢，显然青出于蓝而胜于蓝，电影一部接一部，歌曲一首比一首红，事业一日比一日好，当然也一天比一天忙碌与疲惫。

如何去经营女强男弱的婚姻，一下成为横亘在他们面前的难题。

可惜的是，严华不是王岳伦，他不甘心当衬托“大红花”的“绿叶”，所以“大红花”绽放得越绚烂，他的自尊心越受损；他没有选择奋起直追齐头并进，演绎一段妇唱夫随夫妻共同成长的佳话，而是想方设法去控制周璇。

而周璇呢，她没有女强人的强悍内心，她内心的“安全感”不足以反哺严华，她不会去公开场合夸自己老公以给他“安全感”，也不会去鼓励他在事业上突飞猛进，而是依然想从他这儿索要丰厚的爱与安全感，落空后常常顾影自怜，如林黛玉似的终日郁郁寡欢。

经人设计，他怀疑她身边的男子，他不再信任她，并控制她；她认为他不爱她了，失望，任性，开始恶言相向。

爱的天平失衡，久了便成了恨，恨久了即成了灾。

导火索是周璇意外流产，因为拍电影劳累过度，周璇流产了。一个失去了孩子的女人，敏感、脆弱、无助，而此时的严华，对她依然只有怀疑和不信任。

严华控制欲太强，以至于“霸道总裁”的故事越演越失控，他甚至会将她关在家里不让她出门。

周璇对这个曾经如兄如父的男人失望透顶，她害怕被他锁在家里再也不能出来，便索性住到了电影公司。

而严华呢，一怒之下，冲动地在报纸上登了“周璇卷逃”的启事，让周璇名誉和事业受损。

她嫁给他，本以为他是《时有女子》中所说的那个人：免我惊，免我苦，免我四下流离，免我无枝可依。

但现在，他不但没有妥善收藏好她，反而让她如惊弓之鸟，产生无枝可依的感觉。

于是，离婚成为定局。1941 年，周璇与严华结束了不到三年的婚姻。

这段婚姻不是个人精彩生活的延续，反而是周璇能量耗损的开端。

才子佳人这一场因仇恨而终结的婚姻令人唏嘘，但同时也告诉我们：婚姻说到底是一场能量博弈，最好的局面是双方互相独立，又能你来我让，势均力敌，而不是一方希望另一方无限兜底，另一方希望一方永远低眉。

03

离婚后，周璇并没有从长达九年的感情中抽离出来，而是陷入伤痛与恐慌里。

离婚是伤痛，但就如张爱玲所说：“有一条路，每一个人非走不可，那就是年轻时候的弯路。不摔跟头，不碰壁，不碰个头破血流，怎能炼出钢筋铁骨，怎能长大呢？”

21 岁的周璇，即使经历了离婚风波，但她依然美丽，依然有钱，依然有名，依然有事业，只要能复盘人生，重新规划，人生依然有无限可能。

但她并没有给自己的心灵一个空白期，而是一直忙着寻找自己爱的土壤。

在她有限的见识里，她以为只要拥有爱情，便能拥有一切。所以，她总是在寻找爱情，以此不停地澄清和确认自己是存在的，是拥有安全感的。

与当时被观众誉为“话剧皇帝”石挥的爱情的无疾而终，进一步刺痛了周璇的心。

在经历了一段对人提防的心理过程后，周璇对当时被观众誉为“话剧皇帝”的石挥敞开了心扉，她以为他是她的终极桃花源，而最终他也只不过是她生命里的一个过客，哪怕两人甚至订立婚约，但最终还是成为相忘于江湖的陌生人。

这之后，周璇在媒体上刊发“决不与圈内人成配偶，谈恋爱向外发展”的话。这话里的心思，被居心叵测的小人朱怀德勘破：这是一个极度需要爱的女人，只要给她爱，她必回报他丰厚的财产。

他伪装自己很爱她，花言巧语，温柔体贴，处处献媚，持续向她展开火热进攻，她爱听什么话，他就常说给她听，果然，她如飞蛾扑火般投入到了他的怀抱。

他对她如此好，好到她又想托付终身。1949 年春末，周璇随同他到达香港，并与他同居。由于战局混乱，他们在香港便只草率办理了同居手续。

她不但把身体给了他，还押上了一生幸福的赌注，她把自己的所有财产全权交给他打理。

如果说中了甜蜜陷阱，还可以责怪朱怀德这个小人太卑鄙，他抓住了她太渴望有一个家的心理。但生逢乱世，她不懂得为自己预留退路，反而孤注一掷地将自己所有身家全盘托出交给他人管理，让他人替自己管理人生，这种行事方式是极其可怕的。

果然，她那全力以赴的爱因遇人不淑而有去无回，朱怀德席卷了周璇的全部钱财后，逃之夭夭。

再一次遍体鳞伤。

她怀了孕，产子后带着孩子回到上海，辗转找到朱怀德，却被质问道："这孩子恐怕和你自己一样，是领来的吧？"

她没有强大的内心，这残酷的结局，让她无法面对，精神几近崩溃。

1951 年，在拍电影《和平鸽》的时候，里面有一个细节牵涉到验血，刺激了周璇，她在惨楚的哭声中不断哀诉："是你的骨肉，就是你的骨肉！验血！验血！"她精神失常了。

她的人生，至此之后，再也没有真正爬起来过。但是，与其说，命运再也没有给她爬起来的机会，不如说是她自己的思维模式与行事模式摧毁了自己。

就如吴军所说：所谓命，就是一个人看问题和做事情的方法而已。命不好，当然运就不会好，甚至连当初的好运都会一并失去。

有人说周璇命不好，她幼时被卖，婚姻又连遭不幸，单纯的她只不过是想找一个知疼知热的人过小日子，为什么就那么难？

但俯瞰周璇所在的这个时代，她遇到贵人，她爆红，这样的机遇也不是人人都有的。

乱世里，谁不曾经历过艰难时光，谁又有真正无懈可击的生活？

被卑劣男人始乱终弃过的，还有白光，一个渣男耗费了她很多精力和财力，但她在试错中磨炼了自己的经验和智慧，在选择承担所有后果后，她彻底放下过去，重新开始了一段幸福人生。

生之踉跄，爱之彷徨，生而为人，谁还不会遇到点坑坑洼洼。

只能说，周璇缺少笃定的内心以及澄明的智慧，这一切的基础在于思维模式。平顺时期，她没有利用自己的好运去拓宽自己的见识，去重新定义自我、升级自我，而是沉溺在各种感情里，困死于爱情的泥沼里。

04

周璇最终也没等来命运的反转。

1952 年，在周璇即将与唐棣准备举行婚礼时，唐棣被指控犯有“诈骗罪和强奸罪”而被判刑三年。

一年后，法院又撤销原判，予以释放。

但是，这个归来却没有大团圆结局。当唐棣回到家时，周璇因受不了刺激旧病复发住进了医院。

唐棣是电影《和平鸽》的美工，他在周璇住院期间，照料着她，两人还生下了一个儿子。

他于她，到底是真爱，还是魔鬼？真相无人知，毕竟那段时间的周璇处于精神失常的状态。

1957 年 7 月，年仅 37 岁的周璇，于上海离世。

纵观周璇的人生，从一个男人到另一个男人，从一种被弃到另一种被弃，与其说是她在感情上的一次次铩羽而归击垮了她，倒不如说，这就是她的人生模式，因为拎不清、放不下，所以从一个虎穴跳入另一个深渊。

拎不清，是因为不知道如何拎，所以才不懂取舍，才会在歧道旁逸斜出；放不下，是不知道如何放，所以不懂如何筛掉烂桃花，不懂决然地拒绝养父的盘剥。

当然，她的悲剧有时代与环境的必然促因，就如马尔科姆·格拉德威尔在《异类》中强调：人出生的时间和地点在很大程度上决定了他们的命运。

但是，人有微调命运的能力，这个能力就是思考能力。

帕思卡尔说："人类的全部尊严，就在于思想。"

倘若周璇在撞了爱的南墙后，能够停下来积极思考，利用手上现有的资源，寻找突破人生困局的方案，提升自己的元认知能力，强大自己的内心，柔而不娇，爱而不乱，也不至于让自己的人生掉落山崖。

当然，一个人的思想能走多远，在于见识。当初，有严华引领她，她眼界被打开，参赛，对“流量资源”进行整合，然后跨界……但终究这些见识也只是扎根在严华脑海里，她并未真正习得，就如她在“夜上海”放声歌唱时带来的热闹：热闹都是别人的，从来都不曾真正属于她。

情仇难却，恩怨无尽，依稀间，我仿佛听到她在《夜上海》里唱：“只见她，笑脸迎，谁知她内心苦闷……”

你若精彩，清风自来

于凤至：

——活出属于自己的美

在知乎上看到一个帖子：

“说说你觉得人生难熬的时期或瞬间？”

答案五花八门，回答者也各有各的辛酸与不容易，总结来看，不外乎婚姻不易，育儿不易，以及对抗人生那些无常的不易。

这些不易，民国女子于凤至全经历过，丈夫出轨、纳妾、囚禁，自己生病、抗癌，儿子早逝，白发人送黑发人……可面对人生种种艰难处境，她还是凭借自己高超的情商、智商、财商，活出了自己的传奇人生：

从郑家屯的大家闺秀到奉化的大气贤妻，再到大洋彼岸经商炒股纵横商界的女巾帼的传奇人生。

01

复旦女教授陈果说：“不管你有多优秀，不管你有多完美，总有人不喜欢你，总有人讨厌你。”

从小富养长大的于凤至，端庄美丽、优雅高贵，有思想、有文化、有修养，是有才华的“白富美”。

然而，即使再优秀，在初出茅庐就已在奉天颇有名气的张学良眼中，她只不过是包办婚姻的“傀儡”，是他与父亲约定可以“在外面再找女人”的“正室原配”，是没那么喜欢的那个“你”。

因为张家父子的这个约定，那本门当户对的“凤命虎子”婚姻，变成了她于凤至婚姻里的不幸。

婚后，张学良“乱七八糟”的事情很多，他的情人名单里有中外名媛，闹得比较轰轰烈烈的就有谷瑞玉，称呼为随军夫人。

于凤至当然恼怒他风流多情，但从于父于文斗救起张作霖时，这样的婚姻就命中注定了。

她于凤至倒是不怕翻天，大不了离婚，她有信心也有经济能力去养活孩子们。只是，她对张学良有情，愿意与他白头偕老，当然不愿让离婚影响他的名声。

“生活中的百分之十是由发生在你身上的事情组成，而另外的百分之九十则是由你对所发生的事情如何反应所决定。”

根据“费斯汀格法则”：换一种心态，便是换一种活法，怎样活关键在于自己。

身处不圆满婚姻的于凤至，清醒地意识到自己的婚姻现实，她选择不纠缠，不讨好，也不隐忍求全。

杨绛先生说：“我和谁都不争，和谁争我都不屑。”

于凤至果断选择不让自己在破事上纠缠，将更多精力花在照顾孩子和家庭上，让自己：不听不看，不想不念。

但她也有她的底线，那就是：张学良在外头的事情，她不管，他外面的女人，不能带回家。

虽然双方没有说破，但却共同遵循着这底线，被带回奉天的谷瑞玉，被安顿在奉天经三路的一座小洋楼里，就连后来的赵四，也只是安顿在帅府东墙外的一栋二层小楼里，而且还与张学良、赵四约法三章：

其一，赵一荻永远不能用“夫人”名义；

其二，对外赵一荻只能宣称是张学良的秘书；

其三，对内也只能被称为侍从小姐。

没能一生一世一双人，这是遗憾，但在于凤至心里，这些小情小爱不如家庭的稳定和祥和重要，为了顾全大家，她愿意做一些妥协退让。

就像林清玄所说的那样：“一尘不染不是不再有尘埃，而是尘埃让它飞扬，我自做我的阳光。”

高情商的女人不固执，不纠缠，懂得转弯，懂得为自己的目标做取舍，更懂得变通，给自己留余地，因为余地往往是新生地。

02

作为张作霖钦点的儿媳妇，自从嫁入张家，于凤至一直表现得从容淡定，落落大方，大小事拿捏精准，深受张家上下老少的喜欢，稳坐着张家少奶奶的位置。

1928 年，张作霖在皇姑屯遇难，被送回帅府已经只剩最后一口气，最后伤重而亡。

于凤至聪明，反应快，她考虑到当时时局动荡敏感，尤其是日本人的虎视眈眈，为了大局她主张密不发丧，命一家人依旧忙忙碌碌，就像老帅还在的时候一样。

与于凤至的审时度势形成鲜明对比的是，谷瑞玉的小心机。谷瑞玉见大帅已死执意从天津北上，返回奉天，企图挣得自己应得的利益。

谷瑞玉的举动，令日本人心生怀疑，虽然局势被匆匆赶回奉天的张学良控制，但也成为日后张、谷彻底分道扬镳的导火索。

于凤至识大体、擅筹谋，对世事对生存之道都无比通透，同时头脑清晰，对周遭事务有着十分清晰的洞见力和觉知力。

正是因为她的这种觉知，在谷瑞玉识人不清，被人利用使张学良惨遭不测时，她救了张学良一命。

后来西安事变发生，远在欧洲陪伴儿女游学的于凤至，又一次敏锐地感到了蒋张之间的变化，为此不断奔走。

只是大局已定，她屡次奔走都无济于事。于是，于凤至主动陪伴在张学良身边，照顾他，一直到患上乳腺癌，危在旦夕，不得不去美国治病才离开了他。

尽管心有不甘，但她还是选择再一次顾全大局，她的大局便是张学良。她写信托付赵四，请求她代替自己照顾张学良，从此离开了张学良。

1940 年，于凤至在美国纽约做完手术后，得以痊愈。如果此时的她，选择飞回台湾省，那也不至于和张学良劳燕分飞。

于凤至当然渴望回到张学良身边照顾他，但她有更远大的筹谋，她想通过自己的努力还张学良自由："只要汉卿一日没有获得自由，我就不会踏入那里。"

她是铮铮铁骨的大女主，把张学良的自由看得比自己的婚姻还重。

她想了许多办法，也一直在努力为张学良申请美国绿卡，一旦成功，张学良就可以离开台湾省到美国生活。

但是她的奔走是一把双刃剑，是希望，同时也使张学良的处境变得很是危险。

当局希望张学良解除和于凤至的婚姻，这样张学良也就没了前往美国的资格。

于凤至呢，她在收到张学良的信后，为了他的人身安全，自愿选择离婚。

路遥在《平凡的世界》中写道：“在这个世界上，不是所有合理和美好的都能按照自己的愿望存在或实现。”

但一个拥有高智商的女人，懂得筹谋与审时度势，会在不同的情境下打出不同的牌，哪怕造化弄人，也能问心无愧，无怨无悔。

03

巴菲特说：“做优秀的投资者并不需要高智商”，只需拥有“不轻易从众的能力”。

于凤至拥有投资者的可贵品质，做事不犹豫，不跟风，不从众，眼光长远。

这些品质，让她擅于抓住机会，成为叱咤华尔街的金融女王。

高财商的女人，懂得运筹帷幄，坐吃山会空，总要有开源的办法，哪怕是要承担一定的风险，也好过坐等山穷水尽。

她努力学英语，学会看股票，想借助炒股来挣钱。刚入股市时，于凤至并没有选择跟带她入股市的朋友莉娜买同一只股，而是在华尔街股票大厅观察良久后，根据自己的理解选定了一只股，而且买了不过五百股。

对于于凤至来说，她选择做她完全明白的事，不懂不做。

当朋友的股票大涨，她所持股票一直处于低迷时，她也不懊悔失落，而是坦然处之。

不久，局面反转，于凤至所持股票涨幅远超朋友的股票，但她却不顾朋友反对，坚持在两日后抛出了所有股票。

而事实证明，她抛出所有股票后，那只股票真的开始呈现下滑的趋势。

她的独具慧眼与坚持己见，让她在炒股挣了钱后，坚持“每有盈余，就买近处房产出租，在美国安顿下来”。

当时美国房地产刚兴起，于凤至就敏锐地嗅到了土地里的商机，勇敢尝试房地产投资。她擅于思考，眼光独特，常常逆流而行，最让后人津津乐道的是 1973 年在房地产投资上的一次深谋远虑：

第一，于凤至没有像友人那样选择在纽约投资房地产，而是把第一次房地产投资选在洛杉矶市。她看中的，是洛杉矶繁华的电影业。

第二，她没有投资别墅，只是用非常低廉的价钱买下一块破农舍。她看中的是它的地理位置，因为它距离迪斯尼乐园不过一华里。

在当时，这些投资行为并不被旁人理解，但她坚持己见，执意购买。

后来，这座农舍被美国凯斯尔旅游集团以每坪三万美元的价格来购买，于凤至挣得盆满钵满。

1982年，于凤至买下洛杉矶南郊五十公里处，一块被各房地产大亨预言一文不值的南郊荒地。

这项投资当时被各方大亨泼尽冷水，但于凤至认为洛杉矶有向南发展的趋势，大城市的人去乡下寻找宁静返璞归真是趋势，所以这块荒地将来肯定会升值。

结果不到三年，就有一位巨商想将这块地开发作为高尔夫球场，他最终以当初于凤至买地的七八倍价钱购得此地。

亦舒说："我要很多很多的爱。如果没有爱，那么就给我很多很多的钱。"

失去与张学良婚姻的于凤至，靠自己的敏锐眼光与长远格局，抓住了一次又一次机会，创造了巨额财富，成了美国华人界名气斐然的"富婆"。

浮华于世，爱情婚姻难以牢牢抓住，但财富带来的尊严，能让人不受旁人左右，继续大踏步走江湖。

背靠钱财好干事，离婚后的于凤至利用自己的一切资源不断为张学良的自由奔波，还在美国给张学良和赵四买了一栋别墅。

当一个人弱小时，过往情爱都是落井下石的笑话，但当一个人强大时，曲折婚恋也可能是人格添花的佳话。

事实上，经济上富可敌国的于凤至，压根就不需要后人的"心疼""怜惜"与"哀叹"，她的人生足够精彩，靠着自己的学识与胆识，在名利场合游刃有余。

张学良曾说："我的事情是到三十六岁，以后就没有了。

从二十一岁到三十六岁，这就是我的生命。”

但对于于凤至来说，离开张学良后，她的商场巾帼的精彩人生才刚刚开始。

女人逆袭的底气，从哪里来？

高情商、高智商、高财商，于凤至正是因为拥有高三商，才能让自己从苦逼的“知音体”弃妇，逆袭成长为叱咤华尔街的金融女王，成为当之无愧的一代大女主。

可见，作为女子，不要让眼前事蒙蔽了心智，哪怕是前半生嫁错郎，做错抉择，也要懂得断尾求生，放眼将来，抓住一切机会另谋精彩人生。

总之，三商在线是根本，不在破事上纠缠、懂得审时度势、懂得放眼将来谋大局，这就是女人后半生的高级活法。

● × 得成比目何辞死、愿作鸳鸯不羡仙

杨步伟：

——做人一定要做自己

张爱玲曾在“爱憎表”上写，生平最恨“一个有天分的女子突然结了婚！”

一个有天分的女子突然结了婚，人们脑补画面：一个明媚少女忽然变成为柴米油盐奔波的少妇，不再可爱，甚至因为唠叨而变得面目可憎，仿佛是下了地狱；一个才华横溢的女人忽然结了婚，甚至是放弃事业，做了全职太太，那更像是“发疯”的行为，说不定这世界上少了一个居里夫人般有所作为的伟大女子。

民国女子杨步伟，在嫁给赵元任之前，她做过许多轰轰烈烈的大事，绝对是一位百分百有天分的女子。

金尊玉贵般富养长大的富家小姐，挑战封建礼教拒绝缠足，读书，留学，创业，曾任中国第一所女子中学“崇实学校”校长，二十来岁坐镇指挥平息了一场士兵哗变、保全了学校，去日本留学在东京大学获得医学博士学位，成为中国第一个女医学博士，回来后和闺蜜李贯中创办森仁医院，成为中国第一代西医妇产科医生和第一位女性医院院长。

这样一名身世大、格局大、本事大、思维也大的大女子，转眼就31岁了，没有男朋友，用现代人的说法是“黄金剩女”。

正当人们以为她会进一步在事业上大放异彩时，杨步伟却遇到了赵元任。

这位赵元任的出现，让医院合伙人李贯中吃醋并和她生出嫌隙，她给杨步伟两条路挑，第一条就是和赵元任断绝往来，第二若不照行，她立刻关闭医院，人家问起来就说医院是杨步伟闹关的。

杨步伟选择了后者，为此付出了一生中最大的代价——放弃了自己的医疗事业。

32岁的杨步伟嫁给了29岁的赵元任。

婚后，一路跟随赵元任世界各地到处跑。赵元任先后在剑桥大学、清华大学、耶鲁大学、哈佛大学任教，杨步伟一路跟着他做贤内助。

有天分的女子嫁人了，结了婚，甘愿放弃一切，做太太……

用现代女性思维看来，杨步伟式的付出，是十足的冒险。要知道，女人放弃了事业便也顺便放弃了自己，成为一个和社会脱节的人。倘若，这个你为之放弃事业的男人，是个见异思迁、忘恩负义的人。到头来，不是空辜负了天分，徒添了风霜？

但有天分的女子就是有天分的女子，哪怕没能“步入伟大”，依旧能谋得一方天地。

1971年，杨步伟与赵元任走入金婚，杨步伟赋诗一首：

吵吵争争五十年，人人反说好姻缘。

元任欠我今生业，颠倒阴阳再团圆。

“元任欠我今生业”，想来，杨步伟也会以婚后没能投身事业为憾。但回顾她的一生，却也是大放魅力色彩的。婚后她虽然没有从事自己喜爱的事业，但并没有妄自菲薄，在丈夫的名誉下活得唯唯诺诺，而是活得兴趣盎然，在各方面都释放出兴致勃勃的活力。

01

“我脾气躁，我跟人反就反，跟人硬就硬。你要跟我横，我比你更横；你讲理，我就比你更讲理。”

“我就是我，不是别人。”

这些是杨步伟的个性签名。

从小，杨步伟就离经叛道，演绎“我就是我”的烟火。

“步伟”这个极具男性特点的名字，是同学林贯虹为她起的。林说：“你这人将来一定伟大的，叫步伟吧。”后来林贯虹得传染病去世，为了纪念故人，杨家小姐便舍去了她原来的名字“韵卿”，改叫步伟。

杨步伟有过许多名字，单从名字上就可以看出，这个女人自小就有多么不安分，多么具有挑战意识。

杨步伟原本有一个闺秀气十足的名字，叫作兰仙。她有个小名叫传弟，因她自幼就过寄给无子的二叔，家人希望她能给二叔家带去一个弟弟。

但因她反对裹脚，从小脚大，家里人叫她“大脚片”；又因淘气，别人想干不敢干的事，一撺掇她，她就干了，家里人亲昵地骂她“搅人精”。

当然，她喜欢人们称她为“三少爷”。因为被过继，生母对她颇多负疚，二叔夫妇也将她视如己出，大家都将她宠得不得了，再加上一直是男孩装扮，跟着几个哥哥弟弟一起学习，所以家里人都叫她三少爷。

直到到12岁时，“三少爷”才改穿女装变成“三小姐”。

恢复女性装扮的“三小姐”，依然豪爽，做过许多为女性争权益的事。她参加南京旅宁学堂考试，入学考试作文题为《女子读书之益》，她这样写道：“女子者，国民之母也。”此话简直是平地起惊雷，在当时堪称女权主义之先声。

16岁时，她自己拟了一封退婚信：“日后难得翁姑之意，反贻父母之羞。既有懊悔于将来，不如挽回于现在。”她以不屈的抗争换回了自由。这场胜利使她感到，“有生以来到现在第一次我才是我自己的人”。

黎元洪曾对杨步伟父亲说："可是要好好地教她，不然不能安心在人家做媳妇，并且会到社会上去出乱子的。"

但就这样一个"我为我活"的女人，遇见赵元任后，也能安心做媳妇了，从赵家大宅搬到赵元任租的一间小房子里，从前在事业上的勤力，现在转化为洗手做羹汤的闲情。

不过转换人生战场的仪式感是少不了的，而且必须"新潮"。

两人并没有借助家族的影响力和财力策划一场轰轰烈烈的婚礼，而是跑去定情的地方拍了几张合照，又给亲戚朋友每人发了一份通知，通知里说明，婚礼不收礼，只收两种礼物，一种是文字性的，一种是音乐性质的礼品。并附合照一张。

结婚当天晚上，他们将几个要好的朋友请到租住的新房里，由杨步伟亲自下厨，做了八个菜。席间拿出一张自制的结婚证书，请在座的胡适、朱徽签字，做他们的结婚证人。

胡适后来写道："这是世界，不单是中国的一种最简单又最近理想的结婚仪式。"

英国哲学家罗素也评价："这够激进了！"

对于这不落俗套的婚礼，杨步伟一直引以为豪：

"我们当时这无仪式的结婚仪式，不但是在那时轰动一时，就是一直到现在很多人还要说学赵元任夫妇的结婚仪式，但是没有一次学像了的。就是我们自己的女儿们也学不像。"

02

女子的婚后生活幸福度，和她的胆识、见识、境界是高度相关的。

全职家庭主妇这件事，放在弱者身上，有可能会成为压垮自己，失去自我的最后一根稻草，但放在胆识、见识、境界都奇大无比的杨步伟身上，则完全可能被创造出另一种丰盈的生活。

选择停掉前途大好的医疗事业，嫁人洗手做羹汤。对于这个在别人看来是“自废武功”式的新自我，杨步伟自己却甘之如饴。

她爱洗手做羹汤，在清华的时候，每逢节假日，家里不断地来客人，一拨又一拨，杨步伟整天在厨房变着戏法做菜。

对于柴米油盐酱醋茶的生活，她始终热情不减，后来竟然异想天开与几个清华的教授夫人一起，在清华园外修了三间房子，办起了饭馆。饭店门口还贴了一副对联：“小桥流水三间屋，食社春风满座人。”

杨步伟的饭店一开张就热闹非凡，客流量非常大，据说第一天就来了二百人，不到两个小时，就把预备的东西吃光了。

不过，由于天天请客，她的饭店开张两个月，就将本钱赔光了。即便如此，夫妻俩依然乐不可支，赵元任打趣她：“生意茂盛，本钱赔净。”

后来，在美国时，她运用自己掌握的烹饪、美食知识，写了一本《中华食谱》，一时间得到生活在美国的华人的热捧，这本食谱销量惊人。

在杨步伟的人生里，风花雪月的爱情以及人生的丰富好玩，都可以在柴米油盐酱醋茶的时光里细熬慢炖。

赵元任是语言天才，可以说几个国家的语言，杨步伟也不示弱，结婚后，她制定了一个日程表，今天说普通话，明天说上海话，后天说广东话，夫妻俩的交流因此妙趣横生。

婚前有多强悍，婚后生活也可以有多精彩。

除了在烹饪上玩出花样，杨步伟后来还开了一家节育诊所，她有着超前几十年的思维方式，一直觉得节育能帮到更多穷人，节育才是摆脱贫穷的根本，为了推广节制生育，她曾到处演讲。

她还热衷公益事业，从不间断做善事。

移居美国后，她也并不甘心只做个教授夫人。除了相夫教子外，她还出版了《一个女人的自传》《杂记赵家》《中国烹饪》《中国妇女历代变化史》等多部书籍。

看杨步伟的《杂记赵家》，觉得杨步伟应该属于贪玩的射手座，是人生玩家。人生玩家一生都会有“玩”的态度，哪怕是育有四个女儿，哪怕是经济困难时期，她也没有将生活弄得苦兮兮。

在美国缺钱时，她不但自己熬夜做手提包卖，也常跟房东太太（哈佛哲学教授夫人）去捡蔬菜批发商店倒在路边的菜和水果，还典当和出售自己的皮货。

她满身洋溢热情和充沛的活力。读她的《一个女人的自传》，我眼前仿佛浮现一个女版的“钟跃民”，即使是要饭也是件十分充满乐趣的事。她玩笑说：“不管是哪一国，嫁了一个教授，都是吃不饱饿不死的。”

后来，经济好点，赵元任与杨步伟两个玩家一相逢，便满世界玩儿。光是黄山，就去了好几次，欧美大陆，也漫游了四次。杨步伟 80 岁的时候，夫妻俩还驾车去漫游欧洲呢。

杨步伟这样的女人，一直充满热情和活力，活得有趣、轻松、爽直，她永远知道自己要什么，知道自己要怎样的生活。她放弃事业，支持老公的事业，一旦转换战场后，不眷恋、不后悔、不犹豫，永远把当下，当作此生最珍贵的一刻，因此婚姻生活丰富多彩、活色生香。

03

凡是男人，总想娶位红、白玫瑰同体的太太，这已经被张爱玲写成了一条举世公认的真理：

“如果男人娶了白玫瑰，时间长了，白的就成了桌上的米饭粒，而红的就成了心头的朱砂痣；但如果他要了红的那朵，日子久了，红的就变成了墙上的蚊子血，而白的，却是床前明月光。”

那，如果有女人同时具有红玫瑰与白玫瑰的特质，便足以颠倒众生。

当然，杨步伟给人的感觉不像红玫瑰，也不像白玫瑰，倒像是一朵铿锵玫瑰，但她给男人的感觉也是多元的，是大女人与小女人同体，是巾帼与须眉气度齐飞，是赵元任的“床前明月光”，也更是他心头的“朱砂痣”。

一切根基在于她可以帮男人，也能捧男人，还可以强悍地维护自我。

这对夫妻刚到美国的时候，杨步伟便怀孕了。赵元任这个才华横溢的男人，没能落实好工作束手无策，一筹莫展，除了空焦虑，似乎别无他法。

杨步伟思索之下，分期付款买了一个缝纫机，将从国内带来的布料做成裙子、手袋等各种精致的小东西，忙活一整夜之后，天明便将这些都卖给了房东太太。

烹饪、缝纫，这些都是她拥有的变现能力，家庭需要支撑的时候，拿出去“卖”就是了，没什么好纠结的。

抗战爆发时，赵元任正好病重，她没有纠结后怕，而是毅然让患病的丈夫带着大女儿先走，自己带着三个小女儿殿后。

战火纷飞中，她带着女儿们撤退，路上还不忘发挥她的侠义心肠，找了车载了一大帮子人。她在车子前头领队，还开玩笑对伙伴王慎名说：“古诗有老婢当头娘押尾，现在是老妇当头王押尾了。”王慎名回她说：“赵太太，你真会急中求乐啊，还来背诗呢。”她说：“人生何处不求欢。”

"人生何处不求欢"，这大概就是她的人生态度，当然，无论是巾帼不让须眉的大女子气度也好，还是善解人意的小女人心思也好，她都用来为赵元任的人生护航了。

杨步伟和赵元任的大女儿，后来在哈佛大学任教的赵如兰回忆，母亲的一生都在照料父亲，在学术上、事业上给了父亲很大帮助，她婚后最大的标签是赵元任的妻子、医生、看护、女管家，管辖里里外外的杂事。她说：

"在我看来，母亲的一生，整个的说来，是一个爱情故事。像她这样一个从小闹革命长大的，结果放弃了一切，跟着父亲，照顾他，帮他成全了他的事业，这年头像这样的人越来越少了。"

他们一共养育了四位千金，都学有所成，在教育界供职，连带女婿在内，全家一口气拿了十八个金钥匙奖，所学涵盖音乐、文学、数学、化学等领域。

赵元任的成就更是空前绝后，他对音位学理论、中国音韵学、汉语方言、语法均有深湛的研究，他的许多专著包括1968年出版的《中国口语文法》（英文）均是上乘之作，被誉为语言学范畴内最重要的著作。

民国年间，美女才女多，可像杨步伟这样幽默感十足，又能尽心尽力捧自己男人的女人，真如赵如兰所说："这样的人越来越少了。"

当然，在维持"自我"上，杨步伟也是一直十分剽悍的。

她和赵元任到欧洲漫游时，正好碰到中国留学生们撺掇同仁离婚的风潮。她比赵元任大三岁，有刻薄的人开玩笑和他们说："有人看见赵元任和他母亲在街上走。"这话挺扎心，赵元任听了一笑了之，杨步伟毫不示弱地回答："你不要来挑拨。我的岁数，人人都知道的！"

她在美国生活了多年，一直没有掌握好英文的语法。傅斯年见她和美国人说话，说得异常流利但错误百出，不禁感慨："赵太太真胆大！"杨步伟反问他："我哪样事不胆大！"

"御姐"没有玻璃心，自己的主权自己争取，自己的命运自己掌控。

也正是因为这样，杨步伟和赵元任之间一直保持平等，他尊重她，两人被称为人人羡慕的神仙眷侣。

1973 年 6 月，周总理接见了夫妻两个。三个小时的接见时间，赵元任成了配角，杨步伟当仁不让成了主角，赵元任对周总理说："她既是我的内务部长，又是我的外交部长。"

1981 年，杨步伟在美国去世。赵元任悲痛异常，给朋友写信说："韵卿去世，一时精神混乱，借住小女汝兰处，暂不愿回柏克莱，今后再也不能说回家了。"次年，赵元任即追随她而去，他终究放不下他床前的明月光和心头的朱砂痣。

杨步伟的一生，以结婚为分水岭，婚前恣意潇洒，婚后越活越通透。但总体来说，她并没有成为谁的配角，而是任岁月流金，活出了热烈的真我。

新出图证（鄂）字03号
图书在版编目（CIP）数据

余生不将就 / 朵娘著. -- 武汉：长江文艺出版社，2020.5
ISBN 978-7-5702-1285-9

Ⅰ.①余… Ⅱ.①朵… Ⅲ.①故事—作品集—中国–当代
Ⅳ.①I247.81

中国版本图书馆 CIP 数据核字（2019）第243651号

责任编辑：薛纪雨　韩成建　　　　责任校对：韩　雨
封面设计：程　语　　　　　　　　责任印制：张　涛

出版：长江出版传媒 | 长江文艺出版社
地址：武汉市雄楚大街268号　　　　邮编：430070
发行：长江文艺出版社
　　　北京时代华语国际传媒股份有限公司　（电话：010-83670231）
http：//www.cjlap.com
印刷：北京中科印刷有限公司

开本：787毫米 ×1092毫米　1/32　　　印张：8
版次：2020年5月第1版　　　　　　　2020年5月第1次印刷
字数：150千字

定价：45.00元